NEM TODOS OS
GAROTOS CHEGAM
AO FIM DO ENSINO MÉDIO
COM VIDA

MARK MILLER

NINGUÉM
VAI TE
OUVIR
GRITAR

Diretor-presidente: Jorge Yunes
Gerente editorial: Claudio Varela
Editora: Ivânia Valim
Assistente editorial: Isadora Theodoro Rodrigues
Suporte editorial: Nádila Sousa, Fabiana Signorini
Coordenadora de arte: Juliana Ida
Gerente de marketing: Renata Bueno
Analistas de marketing: Anna Nery, Juliane Cardoso e Daniel Oliveira
Estagiária de marketing: Mariana Iazzetti
Direitos autorais: Leila Andrade
Coordenadora comercial: Vivian Pessoa

Ninguém vai te ouvir gritar
© 2023, Companhia Editora Nacional
© 2023, Mark Miller

Todos os direitos reservados. Nenhuma parte desta obra pode ser reproduzida ou transmitida por qualquer forma ou meio eletrônico, inclusive fotocópia, gravação ou sistema de armazenagem e recuperação de informação sem o prévio e expresso consentimento da editora.

1ª edição — São Paulo
3ª reimpressão

Preparação de texto: João Rodrigues
Revisão: Rebeca Benjamim, Daniel Safadi
Projeto gráfico de capa: Marcus Pallas
Diagramação: Valquíria Chagas
Projeto do logotipo da Academia Masters: Senara Sousa

DADOS INTERNACIONAIS DE CATALOGAÇÃO NA PUBLICAÇÃO (CIP)
DE ACORDO COM ISBD

```
M647n   Miller, Mark
            Ninguém vai te ouvir gritar / Mark Miller. – São Paulo, SP: Editora
        Nacional, 2023.
            264 p. ; 14cm x 21cm.

            ISBN: 978-65-5881-170-1
            1. Literatura brasileira. 2. Ficção. I. Título.

                                                        CDD 823.91
2023-2314                                               CDU 821.111-3
```

Elaborado por Vagner Rodolfo da Silva – CRB-8/9410

Índice para catálogo sistemático:
1. Literatura brasileira: Ficção 823.91
2. Literatura brasileira: Ficção 821.111-3

Rua Gomes de Carvalho, 1306 – 11º andar – Vila Olímpia
São Paulo – SP – 04547-005 – Brasil – Tel.: (11) 2799-7799
editoranacional.com.br – atendimento@grupoibep.com.br

Impresso pela gráfica leograf

"Quando a gente está caçando, às vezes sente que (...) não está caçando, mas – sendo caçado; como se tivesse alguma coisa atrás de você o tempo todo no meio da selva."

William Golding (*O senhor das moscas*)

Para todos que preferem passar seu tempo na companhia de livros em vez de garotos. Livros te confortam, te fazem viajar para universos diferentes e, de bônus, jamais te prenderão sob a lona de uma piscina numa madrugada fria porque não conseguem expressar seus sentimentos. ;)

Prólogo

AGORA

— *Calvin!* — grito, do fundo dos pulmões até minha garganta arranhar e doer. Como das outras vezes, não recebo resposta alguma da escuridão à minha frente. — Porra, Calvin...

Não consigo mais andar – ou melhor, mancar. Me apoio na parede de pedra fria ao meu lado e lentamente me arrasto em direção ao chão. Grunho baixinho e descanso a tocha no solo, próximo ao meu pé. Mordo a língua e dou uma boa olhada no corte em minha coxa. O sangramento reduziu, mas até agora não estancou. É um ferimento longo e profundo, mas se tivesse atingido alguma artéria importante, eu já teria morrido. Dói. Dói para um caralho. Dói apenas de olhar para a ferida aberta.

Contraio os lábios. *Merda.* Preciso fazer alguma coisa.

Olho ao redor em meio ao breu profundo e assustador do subsolo da Masters. Qual decisão em minha vida me levou até este exato momento? Que curva tomei que me fez acabar com um maldito rasgo na coxa no meio de um manto de escuridão quase absoluto enquanto busco pelo meu irmão?

Consigo pensar em várias respostas diferentes desde que cheguei nesta escola; todas fariam muito sentido, mas nenhuma seria correta de verdade. A decisão que me trouxe até este momento não foi minha, foi do meu pai, quando decidiu internar os dois filhos neste inferno. *Como ele pôde fazer isso comigo? Com a gente? Por que nos abandonou desse jeito?*

Meus olhos ardem; as lágrimas de mágoa se misturam às de dor e borram minha visão prejudicada pela falta de luz ao redor. Se a maldita tocha apagar, então estarei fodido.

Inspiro fundo, tentando me recompor. *Preciso seguir em frente. Preciso encontrar meu irmão.* Se nosso pai não vai nos ajudar, então Calvin só pode contar comigo.

Seguro a barra da camisa e rasgo um pedaço do tecido. O som das fibras se rompendo preenche o corredor até então mortalmente silencioso – à exceção do crepitar sutil da tocha. Quando consigo uma porção suficiente, enrolo-a ao redor da coxa e faço um nó.

— *Ah!* — Não consigo conter o grito quando sinto a pressão sobre o corte. É como ter aquela adaga enfiada na minha carne de novo. — *Merda, merda, merda...* — Respiro algumas vezes até a sensação excruciante se atenuar. — Vamos lá, seu filho da puta desgraçado.

Guardo a faca, apanho a tocha do chão, tateio a parede outra vez e me ergo. Sigo mancando em direção à escuridão.

Não dou dez passos até alcançar o que parece ser uma sala de tortura.

Estou no caminho certo.

Parte 1
O GAROTO QUE DESAPARECEU

QUATRO SEMANAS ANTES

"Alguns dias são tranquilos. Outros quase me devastam. O vazio no horizonte, e a fome em meu corpo, e como vamos sobreviver a isso se não conseguimos sobreviver uma à outra? — Nós vamos conseguir. Me diga que vamos conseguir."

Rory Power (*Meninas selvagens*)

Na Academia Masters, nem todos os garotos chegam ao fim do ensino médio com vida.

O QUE FIZEMOS NO VERÃO PASSADO

No helicóptero em alta velocidade, brinco com minhas unhas, tentando disfarçar o nervosismo que me domina. Aqui, em meio a esse contexto, meu vício em tecnologia está se mostrando mais forte do que pensei: apenas algumas horas se passaram desde que meu celular foi confiscado, o que é uma conduta de praxe, e nenhum aluno tem acesso ao aparelho durante o ano letivo; minhas mãos, no entanto, ainda anseiam pelo pequeno objeto que era minha vida inteira até agora. É como se tivesse perdido um membro.

Sem celular por dez meses. Engulo em seco. *Como vou sobreviver a isso?*

Viro o rosto para o lado, em direção a Calvin. Ele parece muito mais tranquilo, largado no banco, observando o oceano que se estende sob nós até o infinito. Seu rosto não possui um traço de preocupação sequer quanto ao mundo – talvez tenha esquecido que essa é a razão pela qual estamos indo para o inferno.

Eles contam histórias sobre este lugar. E, além de um site com as informações mais básicas possíveis, histórias são tudo o que somos capazes de conseguir. Meu pai estudou aqui; segundo ele, foi a experiência mais miserável de sua vida.

Hoje ele é Secretário de Estado, então acho que, no fim das contas, a miséria valeu a pena.

Alguns dizem que a academia está localizada bem no centro do Triângulo das Bermudas; outros, que é guardada por sereias e pelo próprio Kraken. É como um culto: os alunos entram no começo do ano, saem no final e nunca mais relatam em detalhes o que passaram lá dentro. Meu avô, que também estudou aqui, disse que, hoje em dia, virou um depósito de delinquentes; de filhos bastardos, rebeldes e desajustados de pessoas ricas que querem desesperadamente empurrar seu lixo para fora dos holofotes. Ou para debaixo do tapete, pelo menos por um tempo.

Calvin e eu somos exatamente isso: um lixo podre que precisa ser mantido escondido para o bem da vida política de nosso pai. Para ser sincero, se está tão puto pelo que fizemos no verão passado, então deveria apenas nos matar e atirar nossos corpos nesse oceano. *Nos pouparia de toda essa tortura.*

Nego com a cabeça. *Para de ser tão mórbido, Andrew. Se estivesse no lugar do seu pai, você faria a mesma coisa.*

Pelo isolamento da ilha, poucas pessoas sabem o que acontece dentro dos limites da Academia Masters ao longo do ano. Sei que só aceita garotos, e que seus métodos de ensino são muitíssimo rigorosos, mas isso é tudo. Talvez seja melhor não saber muita coisa: assim, tudo o que vier pela frente será uma surpresa.

Começo a roer as unhas. *Odeio surpresas.*

Sigo mirando o oceano, de um azul-escuro profundo. Parece correr sob o veículo em alta velocidade. Uma falha nas engrenagens do helicóptero, um deslize, e ninguém nunca conseguiria localizar nossos corpos.

Então, ergo os olhos.

No horizonte, algo se projeta, rompendo a paisagem até aquele momento plácida e imutada: um castelo.

Suspiro e me afundo no assento. Engulo em seco conforme nos aproximamos.

O castelo está no topo de uma colina, no centro da ilha. É maior do que imaginei; mais intrigante também. Parece uma falha, uma miragem, uma pincelada de tinta preta sobre uma tela em branco, algo que não deveria existir. Não há nada ao redor, em todas as direções, além de quilômetros e quilômetros de água. Não há escapatória, e não há misericórdia.

É a Academia Masters, não há como confundir.

Esse é o meu novo lar.

O SENHOR DAS MOSCAS

— Vocês todos estão aqui por um motivo. — A voz do homem no final de seus trinta anos ecoa pelo auditório, fria e convicta.

Desembarcamos uma hora atrás e logo fomos recepcionados por cerca de dez professores. Cada aluno ingressante recebeu uma lista de prioridades para o dia de hoje:

1 - ~~Encontrar seu dormitório (e a pessoa com a qual o dividirá);~~
2 - *Dirigir-se ao auditório principal no segundo andar da Torre Leste, onde sua jornada na Masters será iniciada oficialmente.*

Um pouco pretensioso, se quer saber. Não nos deram tempo sequer de almoçar ou de respirar depois da viagem longa. Além do mais, achei que o diretor fosse o responsável por esse tipo de coisa, e não os professores.

No palco, estão as dez pessoas que nos recepcionaram. O diretor, novamente, nem sequer se deu ao trabalho de aparecer.

Engulo em seco. De cara, esse lugar é estranho. Há certa eletricidade no ar, algo que faz cócegas nos meus pulmões, que parece deixar minha visão levemente borrada. *Quero dar o fora daqui.*

Mordo o lábio inferior e, de relance, fito Calvin à minha direita. Ele parece menos desconcertado do que eu – porém, mais... *impaciente*. Dou uma rápida olhada nas dezenas de outros garotos ao redor. Alguns parecem agitados; muitos cochicham baixinho entre si; todos estampam no rosto uma mistura de desinteresse e irritação.

Expiro fundo e volto a prestar atenção no professor segurando o microfone. Ele parece anormalmente alto.

— Quando Woodrow Hall estudou a costa leste da América em busca do melhor local para fundar sua Academia, ele não escolheu esta ilha por acaso. Alguns dizem que ele a viu num sonho; outros, que estava fascinado por algo que vagava por essas florestas. O que importa é que, no dia três de outubro de 1805, o primeiro muro deste castelo foi erguido; a primeira pedra da primeira torre, que está acima de vocês, foi assentada. E o resto é história.

Ele tem um tom ríspido e distante na voz; não transmite muita receptividade. É feio; as linhas do rosto, severas demais, afiadas demais, como se o homem tivesse segurado uma careta por tanto tempo que ela resolveu ficar para sempre gravada em sua face.

— Mais de trezentos anos depois — balbucia ele, andando sem pressa de um lado para o outro na plataforma —, o destino nos trouxe até este momento, reuniu a nós todos neste salão. Somos parte de uma imagem muito maior, e ninguém nela é mais importante do que nosso diretor. O sr. Davies comanda esta instituição de prestígio há quase duas décadas, dando continuidade ao legado de Hall e ao de todos que vieram antes, trazendo para o interior desses muros garotos que talvez não estejam tão bem alocados lá fora, que precisem aprender o gosto da disciplina e o valor do respeito.

— Onde ele tá? — sussurro para Calvin.

— Quem? — rebate meu irmão, me encarando.

— O diretor.

— Dizem que ele nunca aparece em eventos públicos como este — responde uma voz atrás de mim. Sobressaltado, me volto na direção da pessoa que falou. — Oi. — O garoto ergue a mão num cumprimento e sorri sem mostrar os dentes.

Ele é alto, tem fios cacheados e brilhantes; olhos castanho-esverdeados; lábios grossos e escuros.

— Como assim, não aparece? — indago, o cenho franzido. — Ele é a porra do diretor.

O garoto se inclina mais em minha direção e sussurra tão baixo que preciso me aproximar para entender:

— Mano, tem caras do quarto ano que nunca viram o rosto dele. O único jeito de conversar com o diretor é se ele te convocar pra diretoria... e, até onde sei, ele nunca convoca ninguém por bons motivos.

Reteso a mandíbula. Me endireito no assento, voltando a prestar atenção no grupo de professores dando a palestra.

Em que merda de buraco estamos nos metendo?, penso.

— Essa escola é tão bizarra... — É Calvin quem exterioriza o sentimento. E percebo que trocamos de emoções; enquanto ele pegou toda minha ansiedade, eu, apesar do desconforto, estou mais tranquilo agora que chegamos aqui.

Aceno sutilmente.

— Se papai sobreviveu a isso — digo, sem retirar os olhos do palco —, também vamos conseguir.

Sinto um aperto em minha camisa. É Calvin. Ele me puxa levemente para o lado.

— Meses sem nossos celulares, Andrew — vocifera ele contra meu rosto. — *Meses*. Papai não teve que sobreviver a essa merda.

Tento retirar a mão dele de mim com algum cuidado, mas Calvin a puxa bruscamente quando sente meu toque.

— Uma ótima oportunidade pra se conectar com as pessoas cara a cara, não acha?

— Cara a cara? Olha só as merdas que você tá falando.

— Só tô tentando encarar essa situação com otimismo.

— Otimismo? — Uma risada curta e sarcástica deixa seus lábios. Ele me fita com malícia. — Cê só pode estar de gozação com a minha cara. A única razão pela qual estamos aqui... — E se interrompe logo que a lembrança cruza sua mente.

De raivoso e sarcástico, em meros segundos Calvin passa a assustado e preocupado.

— Ah, então você se lembra da razão pela qual estamos aqui — provoco.

— Esses garotos são vocês; e, a partir de agora, suas vidas vão mudar. A voz do professor se sobrepõe ao silêncio tenso entre meu irmão e eu enquanto continuamos nos encarando. — Não são mais garotos comuns; são Masters. E disciplina e respeito são tudo para um estudante Master, assim como este castelo. Por dez meses, suas vidas serão essas paredes, essa floresta, esse oceano... e todo o aprendizado que vem deles. Um Master nunca...

— Que discurso de merda! — resmunga Calvin, que se joga no assento, quebrando nosso contato visual.

O garoto da fileira de trás se projeta entre nossos bancos.

— Esse é o Colter Green, professor de botânica. Dizem que ele gosta de falar tanto quanto gosta de aplicar punições.

Analiso o professor por alguns segundos.

— É, não tô nada surpreso com isso — comento.

— E, para seguir na linha, um Master deve se submeter de boa vontade às medidas disciplinares que seus superiores acharem adequadas. Aqui, nós respeitamos hierarquia. Aqui, ensinamos a vocês o sentido dessa palavra, e o de várias outras que talvez nunca tenham aprendido. Obediência, dedicação, resiliência. Tudo será ensinado, e tudo será assimilado. Esta não é apenas uma escola, é uma sociedade. E vocês são os novos membros dela. Sejam bem-vindos.

Uma salva de aplausos relutante se ergue no auditório ao final da fala.

Outro professor se aproxima de Colter Green no centro do palco e, com gentileza, toma o microfone dele.

As palmas cessam.

— Muito obrigado, professor Green. Agora, enfatizando o ensino da Academia Masters e tudo o que podem esperar daqui para frente...

— Quem é ele? — pergunto ao garoto da fileira de trás.

— Ele? — Balanço o queixo, em afirmativa. O garoto leva alguns segundos até responder: — Benjamin Torres, professor de história da América. Ele é bem gato, não acha?

Enrijeço.

— Não tava prestando atenção nisso.

— Não precisa ser tímido. Ele tem um jeitão de *daddy*.

— Misericórdia! — Controlo uma risada.

— Meu nome é Roberto, por falar nisso. — O garoto estica uma das mãos em minha direção. Cumprimento-o. Ele então a oferece a Calvin, que o ignora. — Esse é Elijah. — Apresenta ele, indicando um segundo garoto, que está ao seu lado na fileira de trás. Dou um 'alô' com as mãos. — Somos colegas de quarto.

Me viro no assento o suficiente para encarar os dois garotos.

— Não tô conseguindo reconhecer o seu sotaque — digo a Roberto.

Ele ri e desvia o rosto para baixo.

— Sou brasileiro.

— Massa. Meu nome é Andrew — digo, apontando para meu próprio peito —, e esse é meu irmão, Calvin. — Indico o adolescente de fios vermelhos e rosto emburrado ao meu lado.

E, simples assim, ele parece ter chegado ao limite.

— Escuta, vou dar o fora — diz rapidamente, e então começa a se levantar da cadeira.

— Não pode; a palestra ainda não...

— Foda-se essa palestra. Se alguém perguntar, digam que tô no banheiro. — E se mistura às sombras do auditório, desaparecendo pelos corredores entre as fileiras de cadeiras.

Droga.

— Um pouco temperamental, né? — comenta Roberto; o rosto, como o meu, voltado ao caminho que Calvin trilhou para fora dali.

— É — falo, sem prestar real atenção no que ele disse.

— Vocês acreditam se eu disser que meu bisavô também se chama Woodrow? —comenta Elijah, de modo despretensioso, talvez para quebrar o clima, mas não lhe damos muita bola.

— Informados quanto às matérias e com as boas-vindas devidamente feitas, queremos abrir oficialmente o ano letivo de 2022 da Academia Masters —continua Benjamin com seu discurso, se encaminhando ao final. Outra salva de palmas se ergue no lugar. Dessa vez, não a acompanho. — E uma recepção de calouros não está completa sem uma festa de boas-vindas, não é mesmo?

— Ele disse festa? — pergunto.

***

3 — ~~Participar da festa de boas-vindas às oito horas da noite no térreo da Torre Sul.~~

Sob o céu noturno e estrelado, caminho ao lado de Calvin pelo longo corredor exposto que conecta as torres Sudeste e Sul. Ergo a cabeça e observo os pequenos pontos de luz faiscantes em meio ao azul-escuro. Desta pequena ilha isolada no

Atlântico, as estrelas são mais nítidas e numerosas; o céu parece um quadro com vida própria.

Volto o olhar à esquerda; ondas quebram na porção mais próxima à praia. O som é envolvente e relaxante, constante. Não consigo ver muito do mar, mas ao longe, a lua parece maior e mais próxima do que jamais a vi, espelhando sua imagem nas águas.

— Pelo menos a vista é bonita — murmuro a Calvin, para tentar retirá-lo de seu mau humor.

Ele não me responde, está imerso nos próprios pensamentos, apenas seguindo meus passos em direção à Torre da festa.

Ouço sussurros atrás de mim e encaro os outros grupos de calouros que estão chegando. Do corredor, já posso ouvir - e sentir - as batidas da música eletrônica. Isso é uma festa, *festa*? Pensei que ia ser só uma desculpinha para algum dos professores fazer outro daqueles discursos insuportáveis.

Quanto mais nos aproximamos, mais alta a música fica. *Isso até pode acabar sendo divertido.*

Alcançamos a entrada da Torre Sul. Como as outras torres do Castelo, ela é guardada por um enorme portão na forma de arco. Empurro-o e cruzo-o, adentrando no salão do térreo.

No mesmo instante o volume da música castiga meus ouvidos. O salão é enorme; vejo sua entrada, mas não sua saída. Está decorado com fitas e balões brancos, que se mesclam ao tom acinzentado das paredes de pedra e colunas que se estendem do chão ao teto, formando mais arcos em seu interior. As bases do castelo têm um aspecto esquisito e envelhecido; como se estivessem presas em outro século. Em contraste às decorações, às luzes de LED e à música eletrônica pulsante, a arquitetura antiga parece decrépita. Não me surpreende que não existam muitas fotos deste lugar circulando pela internet. *Quem iria querer estudar aqui?*

Há uma multidão de garotos no centro, dançando de forma desleixada e bebendo algo rosa – parece um tipo de ponche. Na outra extremidade da aglomeração, um DJ controla a playlist. Realmente é uma festa, *festa.*

Cesso meus passos a alguns metros da pista. Olho ao redor, em busca dos garotos que conheci na palestra de boas--vindas, mas não consigo encontrá-los.

— Sei que é uma escola só pra garotos — diz Calvin, próximo ao meu ouvido —, mas eles não tinham que levar isso tão ao pé da letra.

— O que cê quer dizer?

— Não tem uma única mulher nessa ilha, Andrew. Nem entre os professores, entre os funcionários. — Olho ao redor novamente, dessa vez em busca de algum rosto feminino. Quando não encontro nenhum, tento lembrar se vi alguma mulher desde que descemos do helicóptero. — Parece um pouco com *O senhor das moscas.*

— Isso não é *O senhor das moscas.* — Reviro os olhos. — Eles só se importam com tradição. Devia ter prestado atenção no discurso de boas-vindas.

— *Você* prestou atenção. Isso já é o suficiente pra nós dois — desdenha.

Essa indiferença me deixa irritado. Não sei exatamente por quê, mas deixa. Encaro meu irmão com os lábios entreabertos, até entender de onde meu incômodo vem.

— Não vou mais poder tomar conta de você o tempo todo, merda — bufo. — Cê precisa aprender a ter responsabilidade.

Calvin fecha o rosto e inclina o pescoço para o lado. Algo sombrio passa por seu rosto. Ele dá um passo para trás.

— Uau, soou igualzinho ao nosso pai agora. Cê deve estar muito orgulhoso de si mesmo.

Fecho os olhos e respiro fundo.

— Calvin...

— Vai se foder, Andrew. Fica aqui com seus amiguinhos.

— Me sinto confuso até ouvir passos apressados se aproximando atrás de mim. Então me viro e enfim encontro Roberto e Elijah, ao mesmo tempo que Calvin se afasta. — Não preciso de ninguém me vigiando.

Ele esconde as mãos nos bolsos da calça e me dá as costas.

— Calvin, pra onde você tá indo?

— Não pode tomar conta de mim o tempo todo, lembra? — replica ele sobre os ombros, e então se mistura à multidão. Observo seus cabelos vermelhos por um tempo, até sumirem da minha vista.

Droga.

— Ele ainda tá sendo um pau no cu? — murmura Roberto.

— Ele só tá... — contraio os lábios e coço o queixo — ... muito estressado com tudo o que tá acontecendo. Geralmente, não se comporta desse jeito.

— Bem — o brasileiro coloca uma mão num dos meus ombros —, ele vai retornar a si com o tempo.

— Espero que sim.

— Vem. — Ele me puxa em direção a uma mesa afastada da entrada do lugar. Sobre ela, está um grande recipiente de vidro, preenchido até a metade pelo líquido rosa que os garotos estavam bebendo na pista de dança, assim como alguns copos ao redor. — Um dos caras colocou cachaça no ponche — comenta Roberto, num tom divertido.

— Cachaça?

Alcançamos a mesa. Roberto me dá um tapinha nos ombros e então me solta.

— Você não pode ser ingênuo a ponto de achar que centenas de garotos isolados numa ilha no meio do nada, por um ano inteiro, se comportariam, obedeceriam às tradições ou agiriam de acordo com qualquer uma daquelas abobrinhas que eles falaram na recepção, não é mesmo?

Abafo uma risada.

— Meio que achei, sim.

— É melhor você se adaptar rápido, Rodriguez. — Roberto serve três copos do ponche batizado. Estende um a Elijah e outro a mim.

Apoiados na mesa, nós nos voltamos em direção ao restante do salão.

Algo chama minha atenção:

— Essa é uma festa só pros calouros?

— Aham — responde Elijah.

Sob as luzes de LED azuis, é como se seus fios loiro-claros – tão claros que parecem brancos – brilhassem. Reparo, pela primeira vez, nos traços finos e afiados de seu rosto. Há algo de misterioso nos olhos azuis cintilantes. *Ele não fala muito.*

— Que sem graça — retruco.

— Não se preocupa. Acho que não vamos sair do radar dos veteranos com tanta facilidade — balbucia Roberto, que toma um longo gole de seu ponche.

Olho ao redor outra vez, e tudo o que consigo ver são adolescentes enérgicos e despreocupados. Miro a entrada do salão e quase consigo escutar novamente o som das ondas se quebrando na praia. Penso nos quilômetros e quilômetros de oceano que nos separam de qualquer foco de civilização.

Bebo o líquido rosa.

— Isso parece mesmo um pouco com *O senhor das moscas.*

* * *

A festa em si não foi muito especial. Não tem nada de muito interessante em ficar bêbado e dançar no meio de dezenas de garotos com sexualidade reprimida.

O interessante, no entanto, foi estreitar os laços com Roberto e Elijah. Por mais que os meses seguintes venham a ser miseráveis, saber que estou me aproximando de pessoas que estão na mesma situação me tranquiliza.

Mas continuo angustiado em relação a Calvin. *Que forma ele vai achar para lidar com tudo isso?*

Olho meu relógio de pulso. Já passou das dez horas da noite. O toque de recolher é em trinta minutos. Não sei para onde meu irmão foi depois que nos separamos, mas não o vi no salão desde então. Ou voltou para nosso quarto ou está vagando pela escola. De qualquer forma, acho que uma conversa sobre o que aconteceu no verão passado não fará mal. Há muita tensão entre nós; é melhor libertá-la agora, antes que se transforme em algo mais perigoso.

Depois de sair da festa, dou duas batidas na porta de nosso quarto antes de entrar.

— Calvin?

O lugar está imerso em sombras e penumbra, iluminado apenas pela luz da lua, que se derrama pela janela na parede oposta à porta. Toco o interruptor e acendo as luzes. Fecho a porta atrás de mim.

O quarto não está exatamente como deixamos antes de sair para a festa. As malas de Calvin estão no chão, e não sobre a cama dele. Uma delas está aberta e bagunçada - algumas roupas jogadas para fora de qualquer jeito -, como se ele tivesse buscado algo com pressa.

Calvin com certeza esteve aqui. *Mas para onde pode ter ido?*

No beliche, sua cama é a de cima. Me estico para tentar ver se há algo sobre ela, e minhas entranhas gelam.

Apanho um pedaço de papel que repousa em meio à colcha bagunçada. É a página de um livro, amassada e castigada - foi arrancada à força. Sobre as palavras impressas, há outras, escritas à mão em vermelho. Garranchos quase incompreensíveis - a letra de Calvin.

"Não confie em L –", escreveu ele.

"Não confie em L –"

~~**"Não confie em L –"**~~

A última palavra parece estar incompleta. O que isso quer dizer? Quem é L?

É algum tipo de pegadinha?

— Calvin? — chamo um pouco mais alto, em direção ao quarto vazio.

Meu coração acelera. Analiso com cuidado a tinta com que as palavras foram escritas, então as malas no chão. No canto de uma delas, há resquícios do que parece ser a mesma tinta. Eu me agacho e analiso mais de perto. Toco-a e a esfrego entre os dedos.

Isso não é tinta.

Abro a porta e encaro o corredor escuro.

— *Calvin?* — grito.

As letras foram escritas com sangue.

Um desespero mórbido começa a enevoar minha mente. E algo na parte de trás da minha cabeça, a sensação de ser observado, me faz virar em direção à floresta diante do quarto.

O prédio da Masters se situa numa colina elevada, mas como nosso quarto se localiza no final do corredor, num dos andares mais baixos, consigo enxergar parte da floresta que preenche a ilha a alguns metros de distância.

E, justo quando olho com atenção a mata escura e silenciosa, vejo uma sombra se destacando entre as árvores mais próximas, me mirando diretamente.

Ela fica ali por uma fração de segundo. Quando dou alguns passos em direção ao vidro para me certificar do que estou vendo, a figura já desapareceu, deixando para trás um vazio entre os troncos escuros e a incerteza quanto ao fato de se posso confiar ou não em meus olhos neste lugar.

CROATOAN

Dia seguinte

Não durmo esta noite.

Não conseguiria dormir nem se tentasse, e não quero tentar. Tenho medo de fechar os olhos e aquela coisa na floresta se materializar no meu quarto; ou de perder o momento em que Calvin retornará.

A sombra não voltou a me atormentar; e não perdi o reencontro com Calvin – já que ele não regressou ao quarto –, então acho que não pregar os olhos realmente funcionou.

Merda.

Na companhia da minha ansiedade e do meu medo infantil de escuro, aproveitei a noite para arrumar as malas e colocar alguma ordem no quarto. Depois de limpar as bagagens, tenho certeza de que o líquido vermelho é sangue, mas não tenho como provar. Talvez meu raciocínio esteja bagunçado pelo medo de perder meu irmão.

Deve haver uma explicação lógica para seu sumiço esta noite, e também para o estado em que encontrei o quarto – *só não consigo vê-la ainda.*

Sentado na minha cama no beliche, tateio a folha de livro rasgada que encontrei na cama de Calvin. *Mas que explicação lógica poderia existir pra isso?*

Fecho os olhos com força. Por um momento, acho que vou cair no sono. Preciso me manter em movimento para suportar este dia e para questionar meu irmão acerca de tudo o que preciso saber quando o encontrar. Abro uma das gavetas da mesa de cabeceira e guardo o retalho de papel ali. Bufo. Afinal de contas, tudo isso não deve passar de mais um episódio de irresponsabilidade de Calvin – algo que não deveria me surpreender.

Eu me levanto. Me aproximo da janela e observo a floresta que ganha cores conforme os primeiros raios alaranjados do alvorecer avançam no horizonte. Há uma neblina fina encobrindo a vegetação. *Este seria um ótimo cenário para um filme de terror.*

Meu relógio marca seis horas e treze minutos. Há pouco menos de uma hora sobrando até o café da manhã. Se Calvin dormiu no quarto de outra pessoa, ele provavelmente estará por lá. Mas a ideia de deixá-lo se safar de mais essa pisada na bola me incomoda. Se eu continuar passando a mão na cabeça dele sempre que comete algum deslize, ele nunca vai aprender a ter responsabilidade, e sempre vai acabar se metendo em situações que acabam nos fodendo – como a que estamos agora.

Abro o guarda-roupa embutido numa das paredes e apanho as peças do meu uniforme: terno, gravata, camisa interna, calça, cueca, meia e sapatos. Atiro tudo sobre a cama de forma ordenada. Fico alguns segundos parado, observando as peças no armário que seriam usadas por Calvin.

Como ele vai pro refeitório sem ao menos vestir o uniforme?

Balanço a cabeça e tento me livrar da preocupação. Se está disposto a se foder tanto em sua primeira noite neste lugar, então talvez tentar compreender sua mente não vá me ajudar em merda alguma.

Tiro as roupas que usei na festa. Fico pelado e, mesmo que não haja qualquer indicação de que a figura escura na floresta retornou, ou sequer existiu, quando paro em frente à janela e observo o espaço vazio entre as árvores, a sensação inquietante de ser observado retorna.

Caminho até o banheiro e acendo as luzes. Meu reflexo está deplorável, mas não dou muita atenção a isso – é de se esperar um cabelo bagunçado ou umas manchas escuras sob os olhos quando se passa a noite em claro, tomado por preocupação. Escovo os dentes, lavo o rosto. Retorno à cama e visto o uniforme. Termino o nó na gravata. E, por um segundo, levo as mãos à frente em busca de algo.

Calvin não sabe dar nó em gravata. Meu pai já tentou ensiná-lo várias vezes, mas não adianta. "Como você planeja ser um homem de negócios bem-sucedido se não consegue dar nó na própria gravata e vestir um terno como um homem?", ele dizia quando se cansava e atirava o tecido no chão. "Esse é só mais um de seus fracassos."

Então, quando nosso pai saía do cômodo, eu pegava a gravata do chão e dava o nó para Calvin, tentando enxugar suas lágrimas no processo.

Onde o meu irmão tá?

Abro a gaveta da mesa de cabeceira e apanho a página do livro mais uma vez, guardando-a no bolso interno do meu terno. Preciso ter alguma prova de que algo estranho está acontecendo para atrair a atenção de alguém que possa me ajudar.

Quando os primeiros pássaros começam a cantar lá fora e pensamentos corrosivos voltam a martelar minha mente, deixo o quarto em busca de respostas.

***

Os corredores do prédio são como um labirinto, sem placas ou qualquer indicação de direção caso se afaste dos locais de convivência dos alunos – refeitório, salas de aula, biblioteca, quadras de esporte. De fora, o castelo parece uma fortaleza enorme, mas a área à qual somos confinados, na verdade, é bem pequena.

Algumas passagens são estreitas, outras são da pedra fria exposta sobre a qual o prédio foi construído, sem reboco algum. De algumas janelas arqueadas, posso ver o mar; de outras, a floresta. E quanto mais caminho, mais perdido e solitário fico. Tenho a sensação incômoda de estar entrando num local proibido, mesmo que tudo o que busque seja a sala do homem responsável por esta prisão no fim do mundo.

Depois de caminhar a esmo por mais alguns minutos, dou de cara com uma porta de madeira escura e uma placa metalizada em seu exterior. "Diretor Wyatt Davies". *Graças a Deus.*

Tento girar a maçaneta e entrar, mas a porta está trancada. Bato algumas vezes e espero em silêncio, a angústia voltando a me açoitar.

"O único jeito de conversar com o diretor é se ele te convocar pra diretoria... e, até onde sei, ele nunca convoca ninguém por bons motivos", dissera Roberto. Quem se comporta dessa maneira? Será que ele se importa tão pouco com o que acontece com seus alunos?

Bato na porta outra vez, mas não ouço um som sequer vindo do outro lado.

Se eu não conseguir falar com o diretor, então qual a minha próxima melhor opção?

— Este corredor fica muito longe do refeitório, sr. Rodriguez. — Uma voz severa e rígida soa à minha direita. Me viro em direção à figura. — Acabou se perdendo no caminho?

É o professor da palestra de ontem – aquele que, segundo Roberto, gosta de falar e aplicar punições. *Colter Green.* Ele se aproxima rapidamente, vestido num suéter de malha dividido em vários tons de marrom e uma calça cáqui. Uma das sobrancelhas está arqueada; a expressão não é uma de muitos amigos.

Contraio os lábios e instintivamente dou um passo para trás, me afastando da porta da sala.

— Não — respondo, com alguma hesitação. — Na verdade, preciso muito falar com o diretor sobre...

— Sobre...? — Ele para a poucos metros de mim e cruza os braços.

Ele nem sequer me conhece. Por que está sendo tão hostil? Engulo em seco.

— Me sentiria mais confortável falando diretamente com o diretor.

— Como pode ver, o sr. Davies não está disponível no momento. Sua sala está trancada. Se *ele* precisar falar contigo, você será informado — diz, com tanta antipatia que me questiono se fiz algo errado aqui.

— E você é a secretária dele, por acaso? — A provocação me escapa sem pensar.

— Sugiro que tome cuidado com o tom que usa comigo, sr. Rodriguez. Neste colégio, levamos o respeito à hierarquia muito a sério.

— Desculpa — me apresso a dizer, num tom acuado.

Desvio o olhar para o chão, então para a porta outra vez.

— Se quiser, pode conversar comigo — sugere Colter, depois de alguns segundos em silêncio.

Fito-o novamente. Embora seu semblante continue sério, há traços de uma sabedoria retraída, reclusa, particular, do tipo que se desenvolve quando se trabalha num lugar isolado do resto do mundo pela maior parte do ano.

Desvio o olhar para a janela mais próxima, vendo as ondas distantes do mar azul-celeste quebrando na areia amarela, quente pelo sol já imponente, mesmo que ainda seja cedo. A imensidade da solidão deste lugar me faz pensar nas coisas de que sinto falta, e a mais importante delas é Calvin.

Então, mesmo que o sr. Green seja um babaca, resolvo tentar a sorte com ele.

— É o meu irmão — confesso. — Ele não voltou pro nosso quarto ontem depois da festa.

— E...?

— E tenho medo de que algo tenha acontecido.

— É estranho que seu irmão burle as regras dessa forma?

— Não.

— E você percebe que estamos em um prédio isolado, em uma ilha no meio do oceano, certo? — Seu tom condescendente faz com que me sinta pequeno e estúpido, uma criança ingênua.

Assinto.

— Nada de mau aconteceu ao seu irmão — diz Colter com firmeza, e então descruza os braços, se aproxima e aperta meus ombros antes que eu tenha tempo suficiente para me afastar. Os olhos castanhos dele me miram de mais perto do que eu gostaria. — E se houver acontecido... — Ele inclina o pescoço ligeiramente em minha direção, encerrando parte da distância entre nossos rostos. — Garanto a você que será o primeiro a saber. Provavelmente só fez um amigo, ficou até tarde no quarto de outra pessoa e resolveu dormir por lá mesmo.

Então ele se afasta.

Inspiro fundo, tentando não transparecer meu incômodo com o toque súbito e não-consentido.

Colter esconde as mãos nos bolsos.

Me torno consciente da folha de papel no interior do meu terno e penso em mostrá-la. Porém, parece que o professor já tirou as próprias conclusões sobre a situação. Minhas entranhas me dizem para manter aquela evidência escondida, e é exatamente o que faço.

Mas quando miro à frente, o olhar de Colter está direcionado para o exato local do terno em que guardei a página do livro mais cedo. De alguma forma, ele parece saber que estou omitindo algo.

Essa breve suposição faz um arrepio atravessar minha espinha.

— Isso é permitido? — pergunto a primeira coisa que me vem à mente, tentando distrair ao mesmo tempo a mim e a ele do papel, mesmo que não haja prova alguma de que Colter saiba o que tenho no bolso.

— Absolutamente não. Calvin será punido com severidade. — O professor faz uma pausa longa, observando o horizonte fora do castelo. — Mas, por enquanto — continua, retornando a atenção a mim —, você precisa se concentrar no seu primeiro dia de aula. Portar-se da melhor maneira possível é a chave para uma carreira acadêmica estelar na Masters. — A sombra de um sorriso se desenha em seus lábios finos e rosados. — Seu pai deve ter comentado isso.

Franzo o cenho. Há algo estranho em sua voz ao dizer isso, algo que não consigo definir ao certo.

Tudo sobre esse homem me deixa desconcertado - da maneira presunçosa e indulgente de falar, aos olhos que parecem mergulhar na alma, até o comportamento imprevisível.

Ele sabe meu nome, o do irmão, e que meu pai já estudou aqui antes.

Acho que ele me conhece bem, afinal de contas. Nessa conversa, é o sr. Green quem é o verdadeiro estranho.

— Acho que eu devia ir. — Não quero mais passar um segundo sequer num corredor vazio com esse homem.

Além do mais, não parece que procurar pelo diretor vai resultar em muito por agora. Tentarei de novo mais tarde, caso Calvin não dê sinais até o fim do dia.

Com alguma sorte, o encontrarei no refeitório.

Dou meia-volta e retorno pelo corredor, me afastando de Colter o mais rápido que consigo.

— Uma última coisa, sr. Rodriguez — sua voz grossa e imponente me faz interromper os passos —, estes corredores estão fora dos limites permitidos aos alunos. Se eu o vir por aqui outra vez, não o deixarei se safar tão facilmente.

Fito-o sobre os ombros e balanço a cabeça em concordância, sem nada responder. Volto a andar pelo mesmo caminho que me levou até ali.

Praticamente ando com um olho à frente, outro atrás, sentindo que o sr. Green está me seguindo.

É apenas quando vejo o primeiro sinal de vida de outros alunos – indicando que retornei aos ambientes de convívio permitidos – que tenho coragem de murmurar baixinho para que ninguém ouça:

— Alguém parece não ter transado faz muito, muito tempo.

***

— Ele só desapareceu?

— É, sumiu do mapa.

— Sem rastros?

— A única coisa que deixou pra trás foi isso. — Tiro a folha de papel rasgada do bolso do terno e a estendo a Roberto, que apanha o retalho e se aproxima de Elijah para que os dois possam analisá-lo.

Os dois ficam em silêncio por alguns segundos, concentrados; segundos em que o barulho do refeitório ao redor finalmente sobe aos meus ouvidos. Todos os alunos estão ali, naquele momento; não há uma única mesa vazia. O café deixa de ser servido vinte minutos antes do primeiro sinal, o qual indica o início da aulas.

São sete horas e vinte minutos. Temos quarenta minutos até precisarmos estar em sala.

Encaro a bandeja de metal à minha frente. Está repleta de cereais, torradas, iogurte, um croissant, uma maçã e um copo de trezentos mililitros de expresso que eu mesmo selecionei entre todas as opções oferecidas. A comida parece deliciosa, mas meu estômago está embrulhado. Preciso me forçar a comer, no entanto, ou esta manhã será um desafio ainda maior. Dou uma, duas, três mordidas no croissant. Em seguida, bebo todo o café de uma só vez. Preciso que a cafeína entre em ação *logo*.

Nossa mesa no espaço largo reservado para refeições fica na extremidade direita, rente a uma das paredes. O espaço é bem-iluminado, graças às luzes artificiais fortes e às grandes janelas em forma de arco que se reproduzem em padrão por todo o castelo. O teto é alto e em formato abobadado, com um lustre enorme ao centro, dourado, equilibrando pelo menos uma centena de lâmpadas. Pilares de mármore branco sustentam as paredes polidas e pintadas de um bege perolado. Diferente de alguns ambientes do prédio que retêm características medievais (com as paredes de pedra exposta ou passagens estreitas), este está mais próximo de algo que se encontra lá fora, em escolas comuns.

Enquanto meus amigos se concentram na última coisa que Calvin me deixou, olho ao redor tentando encontrá-lo.

Há animação entre a maior parte dos garotos. Conversas entusiasmadas e risadas excessivas se elevam sobre os ruídos de talheres tilintando e comida sendo mastigada. Vejo um ou outro um pouco abatido ou isolado, mas acho que isso faz parte de qualquer ambiente escolar.

Um garoto chama minha atenção, no entanto. Não por estar isolado ou solitário. Na verdade, ele parece bem enturmado. *Seu rosto chama minha atenção.* Os olhos de um azul profundo, quase da cor do oceano que cerca a ilha. O cabelo preto reluzente, penteado para trás e raspado nas laterais. A barba por fazer e estranhamente madura para um adolescente. Uma tatuagem de serpente na nuca; um arame farpado desenhado no ombro exposto pela manga da camisa social levantada. Está sem terno e sem gravata, sentado na mesa, meio de costas para mim. Conversa com os amigos logo ao lado enquanto come iogurte.

Logo de cara me sinto atraído por ele, ao mesmo tempo que sinto repulsa. De alguma forma, posso enxergar a aura de destruição que o cerca. *Espero que nossos caminhos nunca se cruzem.*

Volto a buscar por Calvin. Entre as dezenas de alunos, há poucas cabeças ruivas – e nenhuma delas sequer é remotamente parecida com a de meu irmão. *Merda.*

A angústia em meu peito cresce, e cresce a cada momento que passa, afundando meus pulmões, dificultando minha respiração. Se Calvin não tomar café no refeitório, vai passar fome até o almoço.

— Quem é "L"? — A voz curiosa de Elijah toma a minha atenção.

Me volto aos outros garotos à mesa.

— Eu não sei. — Expiro fundo. — Não sei o que essa merda quer dizer e, a cada segundo que passa, tenho mais certeza de que algo errado está acontecendo.

— Você não pode só tirar conclusões precipitadas dessa forma. Talvez o Colter tenha razão e ele só não quer ser encontrado por um tempo — diz Roberto, num tom apaziguador. — Ontem ele não parecia exatamente animado em estar aqui.

Reviro os olhos e balanço a cabeça.

— Ele é meu *irmão.* Conheço ele a vida toda. O Calvin às vezes fode as coisas, mas não desse jeito. Ele *sabe* que suas ações terão consequências, *sabe* que se esconder, faltar às aulas, não ajudará em nada, e o que ele ganha me deixando no escuro?

Elijah ergue um dos cantos dos lábios e desvia o olhar, na típica expressão de alguém que é compreensivo, mas não sabe como continuar argumentando.

Roberto se afasta do loiro e puxa sua bandeja de comida para mais perto. Seu semblante é pensativo enquanto come uma fatia de bolo de chocolate branco.

Um silêncio sutil se ergue entre nós três. Entrelaço meus dedos sobre a mesa.

— Pra onde ele poderia ter ido senão pro quarto de outra pessoa? — pergunta Roberto, a voz saindo abafada pela comida ainda na boca.

Me atiro contra o recosto da cadeira, os olhos fixos no metal azulado da bandeja.

— Alguém pode ter feito algo ruim com ele.

— Tipo o quê?

Suspiro. Embora o dia nem tenha começado direito, já sinto o cansaço vertiginoso de uma noite sem dormir começar a pesar sobre meus ombros, a martelar meu crânio.

— Eu. Não. Sei — respondo, ríspido e hostil, deixando a angústia falar por mim.

Imediatamente há tensão à mesa do café. Elijah franze o cenho e cruza os braços, enquanto Roberto se concentra em mastigar em silêncio.

— Só tô tentando ajudar, mano — murmura o garoto de fios castanhos, retraído.

Esfrego o rosto. Dou uma cotovelada amigável em seu braço mais próximo.

— Foi mal. Só tô um pouco estressado e sem dormir.

Roberto aperta os lábios e assente suavemente. A tensão se dissipa. Ele empurra a bandeja quase vazia em minha direção. Há dois pães e um cappuccino sobrando.

— Quer o meu café também? Pra ajudar a sobreviver à manhã?

Penso em negar, mas Roberto é mais rápido. Em alguns segundos, já transferiu seu copo descartável branco com o líquido amarronzado para a minha bandeja. Talvez ele não o queira mais. *Nesse caso...*

— Se você não se importar... — Dou de ombros e apanho o copo.

— Manda ver, você precisa mais que eu.

Levo-o à boca, sentindo primeiro o gosto da quantidade de açúcar excessiva e, então, o do café em si.

Quando repouso o copo na mesa, Roberto tem um sorriso safado no rosto e se inclina para Elijah:

— Além do mais, eu posso só roubar o café de algu... — Ele se interrompe bruscamente. Logo consigo notar o que chamou sua atenção.

— O quê? — indaga Elijah, os olhos arregalados.

— Onde tá a sua comida? — roubo a pergunta da boca de Roberto, que só encara o colega de quarto com uma expressão ao mesmo tempo confusa e acusatória.

— Não tô com fome — responde o garoto, sem muita preocupação.

— Já comeu hoje? — questiona Roberto.

— Não, só não tô com fome mesmo.

— Não vai passar mal depois? Temos educação física hoje.

Elijah toca o braço musculoso de Roberto e faz uma carícia.

— Eu sobrevivo com uma quantidade bem baixa de calorias — finaliza ele, com dois tapinhas no bíceps bem definido sob o terno —, não precisa se preocupar.

A explicação não me convence, mas talvez Elijah seja tímido demais para comer na frente de outras pessoas ou algo do tipo. Me viro em direção ao restante do refeitório, mais uma vez buscando algum sinal de meu irmão.

E, de novo, outro garoto sequestra minha atenção.

Roberto e Elijah continuam discutindo.

— Isso é bizarro.

— Não é tão bizarro se você considerar que eu sou pequeno e... — Suas vozes se mesclam ao barulho do local aos meus ouvidos, se apagam e viram murmúrios distantes nos quais me esqueço de prestar atenção.

Quem é ele?

Um garoto de fios amarelos e cuidadosamente penteados para o lado caminha próximo de nossa mesa. Tem um sorriso largo e ofuscante; olhos esverdeados, límpidos e hipnotizantes; lábios vermelhos e grossos. É facilmente um dos garotos – *um dos homens* – mais altos que já vi. Se não tem dois metros de altura, tem algo muito próximo disso. O terno está dobrado sobre um dos braços, e com o outro ele equilibra a bandeja de comida.

Está se aproximando, mas não caminha em direção à nossa mesa. Na verdade, senta duas mesas atrás de nós, onde é recepcionado por um grupo de garotos que parecem ser seus amigos. Como o tatuado que notei alguns minutos atrás, este também não parece ser calouro.

Tento segui-lo com o olhar da maneira mais reservada possível, mas em determinado momento tenho a impressão de que nossos olhares se encontram. Mordo o lábio e prendo a respiração. É como se ele roubasse todo o meu ar, meus pensamentos, *minha vida*.

— Andrew? — Um Roberto irritado me tira do devaneio.

Pisco várias vezes até perceber como devo estar parecendo estúpido e tento disfarçar meu constrangimento.

— Desculpa, eu... me distraí um pouco.

Apanho a maçã da bandeja e a giro nas mãos, mesmo não tendo a intenção de comê-la. Evito o olhar direto dos meus amigos por um tempo – tempo em que fito o garoto loiro de relance mais algumas vezes.

Quando por fim encontro os olhos de Roberto e Elijah outra vez, eles se entreolham e riem.

— O que foi? — Largo a maçã e cruzo os braços.

— Bom... Todos nós nos distraímos um pouco com *ele* — comenta Elijah quando cessam as risadinhas, indicando com o queixo o garoto que roubou minha atenção.

Acompanho sua deixa e miro o loiro outra vez. Ele se senta de costas para mim, interagindo com animação quase contagiante com seus amigos.

— Ele não é um calouro, é? — tento confirmar minha suspeita sem desviar os olhos dele, mas nem Elijah nem Roberto me respondem. — O que foi? — acrescento, me virando para eles.

— Não sabe mesmo quem ele é? — sussurra Roberto.

Nego com a cabeça, começando a ficar inquieto, como se estivesse deixando algo importante passar batido bem sob meu nariz.

— Aquele — Roberto o aponta com um garfo — é Liam Davies.

O sobrenome me faz retesar.

— Ele é da família do diretor?

— É *filho* dele. — Entreabro os lábios, mas não sei como responder. Tudo o que consigo fazer é encará-lo, mesmo de costas. *Há pouco estive batendo na porta da sala do pai dele.* — Está no segundo ano. Todos aqui querem ser como ele — Roberto faz uma pausa dramática —, ou transar com ele.

— Ou ser como ele enquanto transam com ele — completa Elijah.

— Ele não vai te comer, Elijah. Desiste.

— Idiota.

Outra vez, deixo de prestar atenção nos meus novos amigos. Há algo incomum nesse garoto e, diferente do tatuado sentado na mesa, me sinto magneticamente atraído por ele.

Após alguns segundos, uma nova frase de Roberto, mais uma vez com a boca cheia de comida, volta a quebrar minha distração:

— Bom, se você não consegue chegar até o diretor de maneira direta, então talvez possa chegar de maneira indireta.

* * *

Pela manhã, tivemos aula de álgebra, ecologia e história da América.

Fiz meu melhor para prestar atenção nas lições, mas foi difícil, ainda mais na aula do sr. Torres, a última antes do almoço. O cansaço já trazia um latejar crescente em minhas têmporas, e meu estômago vazio apenas piorava as coisas.

Benjamin era muito simpático, no entanto. O completo oposto da primeira impressão que tive de Colter. Suas roupas são formais e bem alinhadas. Os óculos finos e de armação dourada que usa lhe dão um aspecto sábio, embora a camisa desabotoada até o centro do peito o deixe despojado. O sorriso é largo e acolhedor; a voz, profunda mas animada. Parece ter verdadeira paixão pelo que está ensinando, o que faz meu interesse crescer.

Ele se movimenta muito ao redor da sala, interagindo com os alunos e discutindo facetas dos assuntos expostos no quadro que não discutiríamos usualmente: política, paralelos com a sociedade atual e metafísica; tudo lecionado com intimidade e entusiasmo.

Em certo momento, acabo me atrasando com as anotações e ficando alguns temas para trás. E Benjamin se ajoelha à minha frente:

— Está tudo bem, sr. Rodriguez? — sussurra, mantendo a conversa entre nós dois, apesar de a sala estar razoavelmente silenciosa. — Notei que não está conseguindo manter meu ritmo. Se precisar, podemos conversar depois que o sinal tocar.

Arregalei os olhos.

— Não, não. Me desculpa, é que minha cabeça tá em dois lugares diferentes hoje.

— Não precisa se desculpar, faça o seu melhor e me procure se precisar de auxílio. — Então se ergue e aperta meu ombro de forma carinhosa, *quase paternal.*

Senti um frio na barriga. *Droga, droga Andrew.* Devolvi-lhe um sorriso tímido, mas agradecido.

Ele então continuou a aula sem me destinar qualquer outro tipo de atenção especial, o que me deixou aliviado. *A última coisa que quero é ser o centro das atenções hoje.*

O almoço não rendeu nada na busca por Calvin. Ele continuava desaparecido, sem rastros. Mas o que mais me incomodou ao longo do dia foi a completa falta de alarde entre os professores, os funcionários ou qualquer outra pessoa neste lugar.

Meu irmão sumiu há menos de vinte e quatro horas, então talvez por isso ninguém – além de mim – tenha percebido sua ausência, mas preciso acreditar que em algum momento alguém vai se dar conta de que a porra de um aluno está faltando entre os ingressantes, certo? *Certo?*

Me arrepio sempre que passo por uma das janelas e encaro a vegetação ao redor do castelo, densa e sombria. Se ele não aparecer, será que *eu* terei que procurar Calvin na floresta? *Não.* Com certeza alguém vai perceber a ausência dele, e então todo este lugar será inundado por policiais, detetives e todos os profissionais preparados para conduzir uma missão de resgate, *caso ele realmente tenha fugido para lá.*

Não, não, repetia a mim mesmo, ele não fugiu. Está aqui, está em nosso quarto, e vou reencontrá-lo quando este dia acabar e eu puder voltar aos dormitórios. Preciso acreditar nisso, ou a sensação de impotência me esmagará de dentro para fora.

Já são quase quatro horas da tarde, e a aula de educação física está acabando. Depois daqui, temos apenas botânica com Colter – *o pior guardado para o final –*, e só aí estarei livre.

Como temos menos de cem alunos no colégio, todas as quatro turmas têm suas aulas de educação física agendadas para o mesmo horário. São três esportes ofertados num sistema de rodízio para alunos diferentes. Hoje, parte dos calouros estão jogando basquete com alguns segundanistas. Por sorte, Elijah, Roberto e eu não fomos separados.

Por azar, o cara tatuado do refeitório está jogando junto com a gente. *E o filho do diretor, não.*

Foi um jogo difícil, que acabou em derrota para o time dos calouros; nenhuma surpresa. Mas a derrota foi por muito pouco – o que acabou levantando alguma animosidade entre os veteranos. Como esperado, a maioria é só bebês barbudos, musculosos e de ego muito frágil.

A sirene dispara. O último período de dez minutos termina. O treinador apita, e a bola que esteve em jogo é arremessada para suas mãos. Exausto, fito o chão e respiro profundamente, tentando recuperar o fôlego. Suor escorre pelos meus fios, pela minha nuca, pelas minhas bolas. Estou encharcado e fedendo. Preciso de um banho antes da aula de Colter começar. O calor está alucinante, mesmo que o clima do lado de fora seja ameno.

Vejo Elijah e Roberto mais à frente, que acenam e me chamam para acompanhá-los em direção ao vestiário. Dou uma corridinha e seguro a barra da camisa esportiva, puxando-a para cima para me livrar do tecido. No momento em que minha vista é obstruída, alguém se choca contra mim de maneira abrupta. Em seguida, ouço o som dolorido de carne e ossos se chocando contra o solo duro.

Sobressaltado, desisto de tirar a camisa.

Para minha grande sorte, foi justamente o cara tatuado que fitei por alguns momentos no refeitório. Enrijeço quando o vejo caído de costas no chão, à minha frente, com uma careta de dor. Está despido da cintura para cima, a camisa esportiva presa na barra da bermuda. Tenho uma visão mais clara de suas tatuagens: além da serpente e do arame farpado, tem um leão rugindo no flanco direito e uma caveira com uma adaga no orifício dos olhos no lado esquerdo do peito – onde fica o coração. Os cabelos estão bagunçados – talvez pela queda, talvez pelo jogo – e caem sobre sua testa e parte dos olhos, dando a ele um ar particularmente macabro.

A sensação incômoda de quando o vi pela primeira vez volta a me açoitar. Talvez seja intuição, talvez seja minha mente perturbada e cansada por tudo o que houve desde que cheguei à ilha, mas não consigo afastar o sentimento de que há algo bastante errado com esse garoto.

Ignoro a sensação, apenas momentaneamente, e estendo-lhe uma mão.

— Ei, cara, foi mal, tá tudo bem aí?

Ele fecha o rosto, enfurecido. Fita minha palma, então meus olhos, então minha palma outra vez. Por um momento, acho que vai arrancar meus dedos com os próprios dentes, ou pular em cima de mim desferindo socos a esmo, mas tudo o que faz é aceitar minha ajuda e se recompor.

De pé, nossa diferença de altura não é gritante. Ele é poucos centímetros mais baixo do que eu. Mas, se por um lado não possui uma altura ameaçadora, por outro, ele a compensa com a ferocidade no olhar.

Sem largar minha mão, ele se aproxima até nossos peitos estarem colados e seus lábios estarem tão rentes ao meu ouvido que consigo sentir seu hálito quente:

— Vai se arrepender disso, *ruivinho* — sussurra, e então espalma meu peito, me afastando com violência.

Em geral não sou agressivo, mas meus punhos coçam diante da provocação. *Ruivinho é o meu cu.*

Nossos olhares continuam grudados, fixos, irremediavelmente presos um ao outro conforme nos afastamos, caminhando em direções opostas. Posso me imaginar quebrando cada osso da face dele, banhando os nós de meus dedos com o vermelho de seu sangue desgraçado, partindo sua mandíbula em duas para que nunca mais ofenda a mim ou qualquer outra pessoa. *E acho que ele está pensando no mesmo.*

Um sorriso cínico estica seus lábios antes de ele virar o rosto e me dar as costas definitivamente, como um cão covarde que sabe ladrar, mas não aprendeu a morder.

E só então percebo que estive mesmo considerando entrar numa briga com um garoto que nem sequer conheço, tudo por uma suposição no refeitório e um tombo acidental na quadra. *Droga, preciso mesmo dormir e acalmar os nervos. Mas como vou fazer isso com o Calvin ainda desaparecido?*

Elijah e Roberto me alcançam, tendo encerrado a distância entre nós com uma corrida assim que viram o empurrão do garoto tatuado.

— Que fodido — cochicho, baixinho.

— O que aconteceu aqui? — questiona Elijah.

— Esse babaca esbarrou em mim e, quando fui tentar ajudar, ele disse que eu ia me arrepender e me empurrou. Acho que tava tentando começar uma briga.

Sigo fitando o garoto tatuado até ele sair da quadra.

— Merda, Andy — balbucia o menor de nós três, Elijah, num tom aflito —, este não tá sendo o seu dia mesmo. De todas as pessoas com quem você podia arrumar confusão, tinha que ser logo com *ele?*

— O que cê quer dizer? — Me volto aos dois à minha frente. — Quem é ele?

Roberto e Elijah trocam mais um daqueles olhares suspeitos.

— Nós ouvimos algumas coisas — comenta Elijah, com cautela —, não temos certeza se são verdade.

— Tipo?

— O nome dele é Lucas. É segundanista, assim como o seu *crush*.

— Meu *crush*?

— O filho do diretor.

Faço uma careta de chateação.

— Parem de insistir nisso. Não sinto nada por ele, droga. Só achei bonito.

— Enfim, Lucas trata calouros como merda — continua ele, apontando para a porta pela qual o tatuado deixou a quadra. — Pior, ainda. Vive confrontando professores, se metendo em brigas, quebrando o código de conduta da Masters.

— Isso explica por que tava tão fora de si comigo. Eu dei uma olhada nele durante o café da manhã e não tive uma impressão boa.

— Por quê?

— Intuição.

Em seguida, começamos a caminhar em direção ao vestiário. Temos meia hora de descanso até a aula de Colter.

— Dizem que é o filho bastardo de um ex-presidente — adiciona Roberto à explicação. — Qual deles? Não tenho ideia.

— Pelo comportamento — pondera Elijah —, eu apostaria no Trump.

E isso me tira um risinho.

Dou uma olhada lá fora. O sol está ficando quiescente; o céu ardentemente azul começa a ser maculado por tons frios de laranja e rosa. A noite está chegando, *e o Calvin continua desaparecido*.

— Você é bom no basquete. — A voz despojada de Roberto toma minha atenção.

— O Calvin e eu jogávamos no time da nossa escola antiga.

— Nenhum sinal dele o dia inteiro?

— Nem.

— Se fosse meu irmão — o garoto de fios castanhos estala a língua —, agora eu ficaria mesmo preocupado. Não há histórias de garotos que passaram um dia inteiro desaparecidos nesta ilha. Muito menos quando acabaram de chegar.

Meu coração acelera; a preocupação começa a martelar minha mente outra vez, forte e opressiva.

Alcançamos a porta do vestiário. Outros garotos nos acompanham em direção ao local, provavelmente com a mesma intenção de se livrarem do suor excessivo. Com sutileza, empurro meus amigos para um canto próximo da arquibancada, para que possa desabar sobre eles minhas angústias sem que mais ninguém ouça.

— Vocês acham que é possível que — miro as janelas outra vez —, por algum motivo... ele tenha resolvido fugir pra algum outro lugar da ilha?

— Talvez.

— É claro que não — responde o outro ao mesmo tempo.

Roberto, que dera a resposta negativa, pensa um pouco mais na possibilidade e reconsidera:

— Se tiver feito isso, o que poderia ter assustado tanto ele a ponto de preferir correr pra lá — aponta a vegetação no entorno —, em vez de ficar aqui? Deve saber que se foderia muito numa noite lá fora. Só Deus sabe que tipos de coisa vivem aí.

— Que tipos de *animais* vivem aí, você quer dizer, né? — incita Elijah. — Com certeza você não acredita nessas histórias idiotas.

— Que histórias? — pergunto.

Elijah revira os olhos.

— Histórias que os veteranos contam pra assustar calouros: que a floresta é assombrada, que existem criaturas que vivem em cavernas e saem pra caçar humanos de noite; que existe uma fumaça preta que faz barulho de engrenagem e sai por aí durante o dia pra possuir seu corpo — relata Roberto.

Franzo o cenho.

— Esse não é o monstro de *Lost?*

Ele assente.

— Pra você ver o nível dos absurdos. — E em seguida dá uma cotovelada em Roberto. — Não tem nada na floresta. Ela tá fora dos limites para que não acabem tendo que lidar com casos de alunos perdidos ou desaparecidos... — Sua voz perde a entonação bruscamente. Ele me dirige um olhar murcho. — Como o seu irmão.

— Ainda acredito na história do Pé Grande. E não tem porra nenhuma que você possa dizer pra me convencer do contrário — acrescenta Roberto, em protesto a Elijah.

— Claro, Roberto, se é isso que quer pensar...

Encaro meus próprios pés, encobertos por tênis esportivos. Uma gota de suor desce da minha testa, pelo nariz, e então desaba no chão.

— Se eu não consigo falar com o diretor — murmuro sobriamente — ou pedir ajuda aos professores, há apenas mais uma pessoa que pode me ajudar.

— Quem?

Cerro os punhos.

— Meu pai.

DIONEIA

A cada nova sala ou espaço em que entro, tenho a expectativa de encontrar Calvin presente, são e salvo, pronto para me abraçar e me explicar onde esteve esse tempo todo, caralho. Mas, mesmo antes de entrar na aula do sr. Green, minha intuição me diz que não o encontrarei aqui.

Dito e feito.

Meu irmão esteve ausente em todas as aulas do dia. *Como isso pode não ter alarmado nenhum dos professores?*

Já são quase dezoito horas. Sentado na penúltima cadeira da fileira mais próxima às janelas, brinco com os dedos, retirando as cutículas pedaço por pedaço, pensando em Calvin, sem conseguir me livrar da sensação de que o tempo está passando cada vez mais devagar.

Próximo à lousa, Colter escreve algo para toda a classe enquanto continua recitando informações:

— Não deixem seus olhos ou suas preconcepções lhes enganarem, senhores. Embora pareça pequena e inofensiva, a dioneia é uma planta carnívora perigosa, que captura e digere sua presa animal através da armadilha de dois lóbulos localizada em cada uma de suas folhas. É uma das raríssimas espécies capazes de realizar movimento vegetal.

Me viro em direção à janela, observando a paisagem digna de um cartão-postal. O céu está quase totalmente alaranjado, porções longínquas do mar já ganharam tons azuis-marinhos, escurecidas; vejo pássaros voando em formação; a neblina fina começa a se formar em meio às árvores.

Passo os olhos despretensiosamente pela vegetação mais próxima, e uma ânsia súbita queima minha garganta. A figura que vi ontem à noite está ali de novo, no limite entre a floresta e o castelo. Em plena luz do dia, ela estende apenas a cabeça de trás de uma árvore. *Cabeça? É isso mesmo que estou vendo?* Parece mais um amontoado circular de sombras com uma sugestão de rosto, algo macabro e bem longe de ser humano. *Está mais próximo de um demônio.*

A penumbra não me deixa ver muito mais daquele corpo. A floresta não é densa, mas está escura. Porém, posso muito bem discernir que está me mirando. Há dois orifícios ocos onde deveriam estar os olhos, e eles estão direcionados a mim, consigo sentir. Pisco várias vezes para me certificar de que não estou alucinando, mas a coisa continua no mesmo lugar. Tão próxima e tão distante; quase imóvel.

Que merda é essa?

Tenho vontade de gritar, de correr, de me virar e perguntar a qualquer um se está vendo a mesma coisa que eu, mas não consigo; meu corpo e minha mente estão paralisados... *de medo.*

O encontro na noite anterior foi muito breve. Este está se estendendo por muitos segundos, que se transformam em minutos. A figura não parece mais temer se expor; parece confortável em me aterrorizar.

Espero que o Calvin não esteja nessa maldita floresta.

Uma mão aperta meu ombro e me faz inspirar profundamente, me tirando do transe provocado pela sombra na floresta. De olhos arregalados, me viro para o lado e encontro o rosto enfurecido, mas retraído, de Colter à minha mesa.

— Quando a armadilha de uma dioneia se fecha — murmura ele, continuando a lição sobre plantas carnívoras —, não há mais escapatória para o pobre animal indefeso. — Então dá dois tapas no meu ombro e afasta o toque.

Um tanto atordoado, olho ao redor. A classe inteira está olhando para mim. Dezenas de pares de olhos me miram com curiosidade e julgamentos. Me encolho no assento.

Fito as árvores mais próximas de relance outra vez, e a figura macabra não está mais lá. A névoa se tornou mais densa; não há mais pássaros voando sobre a vegetação.

Controlo a respiração; o terror deixando meu sistema aos poucos.

Colter folheia meu caderno antes que eu possa impedi-lo, encontrando uma sequência de páginas em branco.

— Onde estão suas anotações, sr. Rodriguez?

— Tô esperando você indicar o livro didático pra conseguir fazer meus próximos resumos sobre o assunto — digo, o mais próximo da verdade que não seja *"não tenho interesse algum nas suas plantas idiotas"*.

O professor semicerra os olhos em minha direção.

— Então não esteve prestando atenção na aula? — indaga, num tom sugestivo, irritado. — Talvez queira fazer seus resumos na detenção?

"Pra ser sincero, prefiro enfrentar o demônio da floresta." Não posso dizer isso, no entanto, e antes que consiga pensar em algo melhor, o sinal de encerramento da aula ecoa na sala.

Seguro meu suspiro de alívio pelo tempo em que Colter segue me encarando. Não vou dar a ele a maldita satisfação de saber que conseguiu me perturbar - sei que é exatamente o que quer. Ele permanece ao meu lado por muito tempo, e permaneceria mais não fossem os alunos começando a se levantar das cadeiras e caminhando até a saída.

Apenas então ele dá meia-volta e retorna à sua mesa.

— *Otário...* — sussurro para mim mesmo.

O embaraço de ser o centro das atenções finalmente me atinge, e sinto minhas bochechas e meu pescoço queimarem. *Droga. Ele tinha que fazer o dia de hoje ficar ainda pior.*

Esse filho da puta sabe que meu irmão está desaparecido e mesmo assim escolhe ignorar meu pedido de ajuda e me envergonhar na frente de todos. *Que porra ele tem contra mim?*

— O livro que utilizaremos este semestre em nossas aulas é o *Botânica elementar*, de Charlotte Laurie — informa. Em sua mesa, apanha uma cópia do livro e o ergue para que todos vejam. É um volume de aspecto antigo, grosso e com uma capa de couro esverdeado. — Cópias estão disponíveis para vocês na biblioteca. — Então praticamente lança a coisa de volta à mesa, com um baque. A porta é aberta, alunos começam a sair e cochichos de conversas preenchem o vazio e quebram a tensão do ambiente. — Boa noite a todos, e espero que tenham aproveitado seu primeiro dia na Masters. Lembrem-se de dar seu máximo em cada aula... ou logo, logo serão deixados para trás.

Não ergo os olhos para encará-lo nesse momento, mas tenho certeza de que está me fitando. Minhas bochechas e minha nuca queimam ainda mais. Chego próximo a chorar de raiva.

No entanto, guardo o caderno na mochila e dou uma última olhada na floresta. Continua vazia. *Ótimo. Talvez o demônio me stalkeie no quarto outra vez.*

O horizonte escurece rapidamente.

— Ele odeia todo mundo, não leva pro coração — comenta Elijah, já se aproximando. Ele toca meu ombro da mesma forma terna que vem tocando Roberto o dia inteiro. Talvez seja sua linguagem de amor. — Vamos pra biblioteca?

Penso em dizer a eles sobre a coisa que vi entre as árvores, mas Elijah com certeza não acreditaria em mim. Roberto, talvez. Mas não parece uma boa ideia tocar no assunto agora. Eu realmente *posso* estar alucinando, confundindo as coisas ou fazendo algo parecido graças à noite sem dormir e à angústia de perder Calvin.

— Pensei em passar no meu quarto antes pra checar se meu irmão passou por lá e deixou algum sinal — respondo, caminhando para fora da sala.

— Hmmm. Esse sinal não vai fugir, mas os exemplares do livro do Colter na biblioteca vão. — Elijah entra na minha frente, me impedindo de seguir o caminho de volta aos dormitórios. — Então acho melhor darmos um pulo lá antes que o lugar fique infestado. Todo mundo aproveita o período depois da última aula e antes do jantar pra estudar.

Semicerro os lábios, contrariado. Me volto a Roberto, talvez ele me entenda.

— Todo mundo deve estar tendo a mesma ideia que nós neste exato momento. Você não quer perder seu exemplar e ficar na mira do Colter, quer?

Pondero quanto a uma maneira de me livrar dessa situação, mas antes que perceba estou sendo puxado pelo braço por Elijah em direção à biblioteca.

— Vamos logo.

Talvez por cansaço, talvez ainda fragilizado pelo medo e pela vergonha de momentos atrás, me deixo ser conduzido por eles.

— Droga...

* * *

Eles tinham razão: a biblioteca ficou muito lotada, muito rápido. O espaço é enorme, talvez o maior ambiente de todo o castelo. Tem uma estrutura circular e muito iluminada. Há três andares no total, acessados por escadas circulares ao longo das paredes. Estantes e estantes infindáveis de livros por todo o lugar; janelas de vidro compridas em formato de semicírculo; vitrais religiosos e com figuras mitológicas; espaços reservados para estudo, individual ou comunal; computadores para digitação (sem acesso à internet); e tantos livros que minha cabeça começou a doer na tentativa de ler todos os títulos.

Eu não tinha muito tempo. Apesar de sentir um ímpeto quase incontrolável de explorar a biblioteca, preciso voltar para o quarto e checar se meu irmão passou por lá durante o dia. Então sugeri aos meus amigos que nos separássemos, na tentativa de encontrar a estante com o livro de Colter o mais rápido possível.

Elijah e Roberto foram juntos para uma direção, e eu fui para outra. Parece impossível separá-los; talvez seja pela questão de dividirem quarto, talvez seja por algo mais. Aqueles toques de Elijah me deixam desconfiado. *Vai ser muito engraçado se eles realmente tiverem algum envolvimento amoroso. Mas não vai ser nada engraçado segurar vela.*

Minha vida amorosa sempre foi estagnada. Estudos sempre foram minha primeira preocupação, então Calvin; e depois, meu pai. Nunca tive muito tempo para investir nesse tipo de coisa, e agradeço por isso. Tenho homens suficientes na minha vida me fazendo arrancar os cabelos por estresse; não preciso de mais nenhum.

E, perdido em meus devaneios, caminho cada vez mais desatento entre as estantes, entre as seções, entrando em corredores abarrotados de livros em todas as direções. Já procurei em todas as alas de botânica no lugar, e o livro de Colter não está em nenhuma. *Será que ele tá deliberadamente nos fazendo sofrer pra achar essa merda? Será que odeia tanto assim seus alunos?*

Entro um pouco mais fundo nas entranhas da biblioteca. As luzes são menos fortes; a escuridão, mais intensa. Há penumbra e silêncio entre os espaços vazios das prateleiras; não ouço mais os sons de folhas sendo viradas ou riscadas, de cadeiras sendo arrastadas ou cochichos para não incomodar os alunos ao redor. Não ouço nada além da minha respiração. E a luminosidade diminui. As estantes não são mais de madeira polida, são de madeira decrépita, do tipo que não é renovado há anos. Poeira se acumula sobre os tomos mais grossos e de capas mais envelhecidas. Passo o dedo sobre uma prateleira, minha pele fica escura de sujeira. *Que nojo.*

Quando enfim paro de caminhar, noto que não há ninguém próximo a mim, e que faz mais de dez minutos desde que vi uma pessoa pela última vez. Giro sobre meu próprio eixo e não consigo reconhecer a entrada da biblioteca, ou a área central em formato de domo com as escadas circulares que levam aos outros andares. Não há janelas. *Porra, talvez eu tenha ido longe demais.*

Dou meia-volta para retornar, mas então, de relance, meus olhos pescam algumas palavras nas lombadas dos livros à minha esquerda. *Botânica elementar. Charlotte Laurie.*

— Te achei... — murmuro para os volumes de capa de couro esverdeado. Apanho um. Folheio rapidamente. É um livro bonito, apesar do aspecto externo entediante.

Devo pegar quatro, ou apenas informar a Elijah e Roberto onde os achei depois? Não é um livro leve. Meus braços ficam cansados apenas de segurar um deles por um breve momento, *imagine quatro.* Os dois que se virem depois, vou apenas carregar o meu e o de Calvin, pois não tenho outra opção. Retiro mais um volume da estante.

Dou um passo para o lado, na intenção de seguir adiante com os livros.

— *Grrr...* — Ouço um grunhido baixo, visceral, a algumas estantes de distância, poucas demais para que eu me sinta seguro.

Enrijeço no mesmo instante e posso identificar claramente a temperatura do ambiente reduzindo de maneira drástica. De repente, minhas roupas já não são confortáveis, e o único calor que sinto é o das minhas próprias vísceras.

— *Grrr...* — O grunhido se repete.

— *Merda...* — sussurro, sem voz, e me encosto na estante mais próxima, os olhos fixos em direção à escuridão de onde o ruído parece estar vindo. Devido à baixa luminosidade, não consigo enxergar além de três ou quatro metros.

A voz é baixa, grave e feroz; ríspida e afiada. Consigo imaginar uma criatura de olhos vermelhos e profundos, caninos afiados e audição aguçada próxima a mim.

Mas também há a possibilidade de ser apenas uma brincadeira de mau gosto dos meus amigos, ou até do cara tatuado.

— Roberto? Elijah? — Ergo a voz na escuridão e o grunhido para. — Mas que porra...? — Fico na expectativa de uma resposta que não vem. Não ouço mais som algum. Talvez esteja alucinando outra vez. *Preciso dormir.* Contraio os lábios e dou alguns passos adiante, saindo de um corredor delimitado por duas estantes, passando por outros dois, até chegar naquele em que achei ter ouvido os grunhidos. — Tem alguém aí?

Algo surge à minha frente e se joga contra mim.

Por reflexo, consigo me abaixar e esquivar.

A coisa cai alguns metros atrás com um estampido alto no chão. Me reergo e paro pelo mais breve dos segundos, apenas para fitar a sombra que esteve me perseguindo na noite anterior e na aula de Colter. Não há uma faísca de luz ou um rascunho de cor em suas roupas largas e rasgadas, em seus membros anormalmente grandes e esguios, em sua boca sem lábios, em seu nariz sem cartilagem, nos buracos vazios em que deveriam estar os olhos. *Agora tenho certeza de que não é humano.*

— Puta que pariu.

Corro, desesperado, com os dois livros de botânica presos junto ao peito. Dou voltas e voltas em ziguezague através das estantes, sem o desejo de parar ou deixar que aquela coisa se aproxime de mim outra vez. Minha respiração está entrecortada; minha boca, seca; minha mente, enevoada. Adrenalina pulsa em minhas veias. *O que é aquela coisa? Por que tá me seguindo? Posso pedir ajuda a alguém sem parecer um lunático?*

Depois de correr por vários segundos, olho para trás a fim de me certificar de que não está me seguindo.

Não há nada atrás de mim. *Ufa.*

— *Ah!*

Primeiro sinto o impacto, depois a queda.

— Opa, opa, foi mal.

De alguma forma, bati em cheio no filho do diretor e caí de bunda no chão. *Merda.* Os livros despencam dos meus braços e ficam largados entre minhas pernas abertas.

Levo um tempo até processar tudo; tempo em que continuo respirando de maneira exasperada e encarando o garoto à minha frente, de baixo, com um olhar assustado.

— Tá tudo bem aí? Desculpa por te derrubar — diz ele, num tom arrependido, e então me estende uma das mãos.

Umedeço os lábios e, ainda um tanto desnorteado, aceito sua ajuda para me recompor. Em seguida ele me segura pelos ombros, me fitando com atenção.

— Tá tudo bem? Parece que você tava fugindo de algo. — Então ergue os olhos para a penumbra atrás de mim.

Acompanho seu olhar instintivamente e, juntos, observamos o vazio entre as estantes de livros empoeirados.

Engulo em seco, meu fôlego retorna ao normal.

— Você viu algo? — É a primeira coisa que pergunto a ele.

— Tipo o quê? — Ele franze a testa.

Nossos olhares voltam a se encontrar por um mero instante, então me ajoelho para apanhar os livros.

— *Não sei, um tipo de sombra...*

Realmente não sei como descrever aquela coisa, pelo menos não sem soar absurdo.

O garoto se abaixa para me ajudar com os livros, e em seguida nos levantamos.

— De ser humano? De animal? Tem muitas sombras nessa parte da biblioteca, você precisa... — Ele caminha até um interruptor de corda preso numa das paredes. — ... saber as manhas desse lugar antes de se aventurar por aqui. — Ele puxa a corda, e então uma série de abajures se acendem ao longo das paredes.

Então percebo a imensidão deste lugar. Mesmo este canto afastado da biblioteca se estende por centenas de metros à minha frente. Se eu seguisse caminhando a esmo, é provável que nunca encontrasse o caminho de volta.

Fito o filho do diretor – Liam – outra vez. Ele tem um sorriso de canto, jovial e convidativo, esticado nos lábios.

— Você vem muito aqui?

— Gosto de ir até a seção de literatura gótica quando preciso estudar — responde, apontando para uma estante distante. — É o local mais silencioso e isolado que vai achar nesse castelo. Quer dizer, além das *catacumbas* — acrescenta, sussurrando a última frase.

— Catacumbas?

— É só uma piada. Como não podemos ir até o porão do castelo, dizemos pros novatos que lá estão os ossos dos calouros que foram comidos pelo monstro na floresta.

— Monstro na floresta? — repito, ansioso. Poderia ser a figura de sombras que tá me perseguindo?

— Cara, é tudo historinha idiota. Você vai se foder muito se acreditar assim em qualquer coisa que os veteranos te disserem.

Expiro fundo.

— Eu sei, eu sei. Não sou assim. Só tenho... tenho tido algumas experiências estranhas desde que cheguei aqui.

— Você tá num castelo medieval no meio do nada. É normal sua mente te pregar umas peças de vez em quando.

Assinto suavemente.

— Tem razão.

Olho para trás mais uma vez, ainda arrepiado, ainda sentindo que a criatura está acanhada atrás de uma das estantes de maneira podre, apenas esperando o momento de saltar sobre mim e me engolir.

A temperatura não está mais baixa, no entanto. E o zumbido das lâmpadas dos abajures quebra um pouco o silêncio tenso e macabro dessa parte da biblioteca.

Talvez eu esteja perdendo a cabeça.

— Então, você tava mesmo fugindo de uma sombra? — Liam retoma o assunto.

— Como você disse, minha mente tava pregando peças em mim.

Um tanto cabisbaixo, começo a caminhar de volta ao centro da biblioteca. O filho do diretor me segue de perto. Nossa diferença de altura é bem aparente. Ele é, ao menos, vinte centímetros mais alto – *e olha que eu não sou baixinho.*

— Esse lugar é assim mesmo, cara, não se sinta mal.

— Estou me acostumando.

— Vai ser rápido, não se preocupa. A estranheza é só nos primeiros dias.

— Assim espero... — digo, um tanto distante.

Caminhamos em silêncio por alguns minutos enquanto a iluminação fica mais quente, mais intensa, e a desolação da porção mais afastada da biblioteca já começa a parecer um delírio esquecido.

De relance, fito Liam. Ele usa um suéter azulado no lugar do terno, mas a gravata vermelha ainda está ali. Um relógio grande e volumoso no pulso direito, uma corrente dourada presa no pescoço, na qual um pingente em formato de cruz se prende.

— Por que não estuda no seu quarto? — pergunto, após refletir sobre o que me disse.

— Meu colega de quarto não é exatamente o que chamo de tipo tranquilo — explica Liam, me lançando um olhar sugestivo.

— Ele é muito barulhento?

Liam aperta os lábios e nega com a cabeça. Cobre a boca com uma das mãos e se inclina levemente em minha direção, dizendo:

— Ele bate punheta o tempo todo.

Minha primeira reação é de espanto, mas então a imagem me tira um risinho discreto.

— Que nojo.

— Nojo? Você bate punheta também.

— Não na frente de outras pessoas — defendo, em tom incrédulo.

Liam cobre a boca brevemente e abafa uma risada.

— Justo. Esse é o livro que o Colter usa, não é? — Ele aponta para os tomos em minhas mãos. — Por que pegou dois exemplares?

— Eu... — Começo a responder, mas me interrompo. — Tô guardando pra uma pessoa — explico, mesmo hesitante.

— Um amigo?

— Meu irmão.

— Ah, massa. — Liam faz um biquinho com os lábios. — Dois irmãos calouros, não se vê muito isso por aqui.

— Eu imagino...

— Por que ele não pôde pegar o próprio livro?

— É complicado.

— Então tente descomplicar pra mim.

Droga, ele é realmente muito insistente.

Fito o chão à frente enquanto caminhamos. Não tenho certeza se devo falar sobre o que aconteceu com Calvin com qualquer pessoa. Na verdade, não sei mais o que posso falar, com quem posso falar; nem sequer sei se meus olhos e minha mente estão me pregando peças. Mas há algo calmo e seguro em Liam, algo que me transmite confiança. Meus instintos sempre estão certos; e estão me avisando de que posso confiar nele.

E, claro, me lembro do que Roberto me disse: "Se você não consegue chegar até o diretor de maneira direta, talvez possa chegar de maneira indireta".

A "maneira indireta" é o cara de mais de dois metros à minha frente.

Então, elaboro:

— Nós chegamos aqui ontem, como todo mundo. Fomos pra palestra de boas-vindas, então pra festa, e lá nós dois nos separamos.

Estamos bem próximos da área central da biblioteca. Posso ver outros alunos estudando em mesas próximas, e até o bibliotecário – o sr. Jones – passeando entre algumas estantes.

Me encosto na parede mais próxima e me permito relaxar um pouco. Liam para à minha frente, bloqueando minha visão do resto do lugar. Seu peito largo e caloroso – *talvez pelo suéter* – está bem próximo do meu rosto.

— Então?

— Meu irmão não voltou pro quarto ontem à noite, ou hoje pela manhã. *Ele não* apareceu em nenhuma das aulas. A festa... — cerro os punhos — ... foi a última vez que o vi.

— Tá brincando? — reage ele, com estranhamento. Depois toca meu ombro e me obriga a erguer os olhos até os seus. — Tentou falar com algum dos professores?

— Tentei falar diretamente com o seu pai, mas não consegui.

E, no mesmo instante, noto um misto de surpresa e desconfiança em seu olhar. Ele deixa de me tocar e dá um passo para trás, o semblante misterioso.

— Então você já sabe quem eu sou.

— Ouvi algumas coisas.

— Espero que tenham sido coisas boas.

— Ouvi falar que você é um delinquente que gosta de fazer da vida dos calouros um inferno.

Liam franze tanto o cenho que linhas profundas se formam em sua testa.

— *Sério?*

Rio diante da expressão assustada.

— Não, seu idiota. Isso foi sobre outra pessoa.

— Quem?

— Um tal de Lucas. Na real, trombei com ele na educação física, e os rumores tão certos, digo com tranquilidade.

— É claro que já conheceu Lucas — resmunga.

— Vocês são amigos?

— O mais longe possível disso que imaginar. Ele é a única pessoa que faz questão de tornar a experiência de estudar num castelo no meio do nada ainda mais miserável do que já é.

— Por que seu pai não o expulsa?

— Sinceramente, não tenho ideia do que meu pai faz ou deixa de fazer. É a escola dele, são as decisões dele, e é isso. Ao contrário do que muitos por aqui pensam, não tenho influência nenhuma sobre ele. Meu pai não poderia se importar menos com minhas opiniões... *ou comigo*.

Engulo em seco.

— Então, acho que... se eu te pedisse que tentasse me levar até ele pra falar sobre a situação do Calvin, não daria muito certo, né? — Mascaro a decepção em minha voz com interesse.

Liam contrai os lábios e balança a cabeça em negativa.

— Sinto muito, não acho que poderia te ajudar mais do que qualquer outro aluno, ou seus amigos. — E parece ser sincero no que diz.

Apesar de um tipo estranho de mágoa martelar meu peito, sou maduro o suficiente para perceber que talvez seja injusto da minha parte exigir demais dele. Se não pode me ajudar, terei que resolver a questão do meu irmão por outros meios.

— Ei, eu sinto muito por isso — oferece ele, quebrando o silêncio entre nós. — Acha que seu irmão teria alguma razão pra simplesmente desaparecer? Talvez foi explorar a ilha, ou tá se escondendo de você de forma proposital?

Expiro fundo. Estou cansado desses questionamentos.

— O Calvin tem seus problemas, mas sumir assim não faz muito a linha dele. — Pondero por um instante. — Meu irmão não sumiu. — Fito Liam outra vez. — Algo o fez sumir.

— Como você pode ter tanta certeza?

— Eu sinto.

— E você por acaso é médium agora?

Pisco longamente.

— Não, engraçadinho. Mas se o seu pai sumisse, ou qualquer outra pessoa da sua família, você também teria essa angústia no peito.

Liam cruza os braços e, com um tom falsamente divertido, rebate:

— Meu pai não sentiria isso.

— Como assim?

— Não somos distantes só aqui no colégio, mas lá fora também. Vamos dizer que ele não ganharia nenhum troféu de pai do ano. Pelo menos, não de mim. Ele é mais próximo dos meus outros irmãos, tem uma relação mais paternal com eles.

— Seus irmãos estudam aqui também?

— Não, eles frequentam escolas *normais*.

Estreito os olhos.

— Então por que *você* tá aqui?

Ele solta uma lufada de ar pelo nariz e aponta o queixo para mim.

— Provavelmente por um motivo parecido com o seu.

— É difícil imaginar que você tenha feito algo tão fodido pros seus pais a ponto de eles te internarem nessa prisão.

Liam desvia o olhar para os próprios tênis e desenha um sorriso largo nos lábios.

— Você ficaria surpreso pelas coisas que esse rostinho angelical é capaz de fazer. — E então parece me analisar de cima a baixo. — Você também não parece o tipo riquinho delinquente.

— Talvez eu seja exatamente isso — murmuro, mais baixo.

Ele me devolve um olhar sugestivo.

— Acho que vou ter que descobrir. — E assim desfaz aquele passo que deu para trás quando mencionei o pai dele. Algo nessa história chama minha atenção. Só percebo que fiquei tempo demais em silêncio quando ele diz: — Daria um dólar pelos seus pensamentos agora.

— Nada. Quer dizer, é engraçado... meu pai também é bem ausente. Ele trabalha pro governo, então suponho que não seja tão estranho que não tenha muito tempo pra passar com os filhos.

Liam pondera.

— Se o pouco tempo que vocês passam juntos é bom, então vale a pena.

Me lembro do primeiro soco que levei no meio do queixo ao tentar defender Calvin de outra surra que poderia deixá-lo no hospital. Caí no chão, cuspindo sangue, e um dos meus dentes de leite foi junto.

— É...

Preso nessas lembranças desagradáveis, volto a caminhar em direção ao centro da biblioteca sem nem sequer perceber. Liam me acompanha, o olhar fixo em meu rosto. Quando adentramos o hall, ele abre os braços e passa à minha frente:

— São e salvo. Da próxima vez que quiser se aventurar pela biblioteca, ou só quiser um canto afastado e silencioso pra ficar sozinho com seus pensamentos, me procura primeiro. Vou adorar te acompanhar — sugere ele, num tom divertido, mas a diversão foi embora ao me lembrar do meu pai.

— Se a ideia é ficar sozinho, então ter companhia meio que não faz sentido, não é mesmo? — replico, seco e afiado.

A diversão no rosto do filho do diretor morre no mesmo instante. Ele fecha os braços e mira o chão, concordando.

— Verdade. — Está claramente chateado.

Então percebo a burrada que fiz.

— Ah, desculpa, eu não quis... *não quis ser grosso*.

— Relaxa.

— É só que toda essa coisa com meu irmão... tá me deixando um tanto fora de mim.

— Seu irmão vai aparecer. — Ele se apressa a me confortar. Esfrega meu ombro, tão próximo que projeta uma sombra sobre mim. — Se até amanhã ele não tiver dado sinal de vida, me procura que eu tento conversar com meu pai pra envolvê-lo, mesmo que eu ache bem improvável conseguir isso.

Respiro um pouco aliviado. Mesmo que pareça inviável, saber que Liam está disposto a me ajudar me acalenta. De novo, aquela aura de segurança e confiança ao redor dele não vacila.

— Obrigado. Eu devia ir agora. Ver se ele passou pelo quarto. — Dou um último sorriso e começo a me afastar.

— Certo. Vou te ver no jantar? — Aceno em concordância. — Beleza.

Caminho de costas, preso demais em seu olhar castanho para me virar.

— Foi bom te conhecer, Liam.

Ele estreita os olhos daquela maneira sugestiva.

— Não me lembro de ter dito meu nome.

— Como eu disse, ouvi algumas coisas.

Caminho pelos corredores de volta ao quarto, parte da minha mente relaxada, pensando em Liam, a outra parte angustiada, pensando em Calvin. Me esqueci de avisar a Elijah e Roberto que encontrei os livros, mas acho que eles conseguem se virar sozinhos. Pedirei desculpas no jantar.

Quando cruzo o corredor do meu dormitório, acelero. Me aproximo cada vez mais devagar da porta de madeira polida. Meu coração palpita, meu estômago está gelado. *Ele está ali. Está ali. Está ali*, repito mentalmente. Porém, quando enfim alcanço a porta, paro de supetão. Essa é uma situação como a do gato de Schrödinger: enquanto a porta estiver fechada, não sei se Calvin está lá dentro ou não. Assim que a abrir, terei a resposta definitiva. Todo esse pesadelo pode acabar de uma vez e nossas vidas seguirão normalmente pelo resto do ano – *me certificarei de que seguirão*; ou tudo pode apenas piorar com mais uma crise de ansiedade, mais uma noite sem dormir, e o prolongamento dessa mistura de perda, confusão e impotência que enrola minhas entranhas até só Deus sabe quando.

Aproximo a mão da maçaneta.

Gostaria que meus olhos soubessem o que está atrás da porta antes de abri-la; gostaria de conhecer uma forma de burlar o paradoxo de Schrödinger. Mas não tenho esse tipo de visão; e não conheço uma forma de tapear um paradoxo. Tudo o que tenho é a mim mesmo. Tudo o que sei é que esse pesadelo precisa acabar.

Abro a porta.

C

Não há nada. Absolutamente nada. Não é apenas que Calvin não está no quarto, mas não há qualquer vestígio de que meu irmão esteve por aqui.

Desnorteado, dou o primeiro passo para dentro do quarto.

O beliche sumiu; foi substituído por uma cama de solteiro. Metade de nossas malas não está mais ali – a metade que pertencia a ele. Prendo a respiração. Abro o guarda-roupa. Os cabides em que antes estavam penduradas as peças de Calvin agora estão vazios. Não há nada nas gavetas ou no compartimento dos sapatos.

Meu coração para por um instante. Então volta a bater, intenso e doloroso. Então volta a parar.

O que aconteceu? Quem entrou aqui e levou as coisas do meu irmão?

Olho ao redor para o quarto; percebo que é pequeno para duas pessoas, mas confortável só para uma.

O acúmulo de cansaço, estresse e angústia finalmente se torna demais. Minha vista escurece. Caio de joelhos no centro do espaço vazio, os livros de botânica despencando abertos ao meu lado. *O Calvin fez isso? Voltou apenas pra pegar suas coisas?*

Começo a hiperventilar.

Não fosse pela troca de camas, eu até poderia acreditar nisso.

Abraço meus joelhos e me arrasto pelo chão até me encostar na cama.

Quem tá fazendo essas coisas? Por que isso tá acontecendo?

Não sei o que fazer. Não sei no que pensar. Encaro o guarda-roupa escancarado, esfrego os olhos, e o vazio continua ali.

É como se Calvin nunca tivesse existido.

Abaixo o olhar até o chão. Há um papel dobrado e amarelado, sujo e velho, jogado próximo ao pé da cama. Não estava ali antes – parece ter caído de dentro de um dos livros.

Reteso a mandíbula e sinto meu corpo gelar. Apanho o papel e o desdobro lentamente. Tenho a sensação nauseante de que vou me arrepender disso, mas o faço mesmo assim.

E me arrependo logo de cara ao ler o que está escrito naquela página, em letras cursivas e tinta vermelho-escura.

"Pobre Andrew Rodriguez: perde o irmãozinho de vista por um instante, e ele some como uma carcaça num açougue.

O que você acha que o Papai Rodriguez achará disso? Já ligou pra contar a novidade? Ou ainda tem esperanças de encontrar o pequeno Calvin com vida?

O tempo está passando, Andrew, tique-taque, e ele acelera a cada segundo que você fica aí sem fazer nada.

Se quer respostas, terá que buscar fora dos muros da Masters.

— C"

Parte 2
O GAROTO DEIXADO PARA TRÁS

TRÊS SEMANAS ANTES

"Naquele breve momento, eu me perguntei se 'bem' ainda poderia ser possível, ou ao menos alcançável. Porém, é assim que as tragédias como a nossa e Rei Lear partem corações – ao fazer todos acreditarem que os finais ainda podem ser felizes, até o último minuto."

M. L. Rio (Como se fôssemos vilões)

O LOBO ATRÁS DA PORTA

São vinte horas e sete minutos.

Entro no salão de refeições e logo vejo meus amigos sentados à mesa próxima à parede que praticamente se tornou nossa ao longo da última semana. Embora não exista uma regra formal, cada grupo se acomoda nos mesmos lugares de sempre, escolhidos no primeiro dia, com exceção de um ou outro nômade.

À noite, as luzes do lustre se tornam amarelas, submergindo o local numa aura de tranquilidade. Hoje, no entanto, estou tudo menos tranquilo.

Passo pelo balcão de vidro em que os alimentos estão expostos, faço meus pedidos, acomodo-os na bandeja e então me aproximo de Elijah e Roberto. Cumprimento-os e me sento numa das cadeiras vazias. Fingindo estar com fome, evito conversar com os dois, me limitando a alguns "Aham" e "É verdade" quando se torna inevitável. Estão falando sobre uma das lições de física, então não é como se eu pudesse contribuir em muita coisa, de qualquer forma.

Na metade da refeição, ergo os olhos para além da minha bandeja, e eles recaem de imediato sobre Lucas, que está sentado na mesa, como sempre, e usa a cadeira mais próxima para apoiar os pés. Está meio de costas para mim, com a bandeja apoiada nas coxas. Mesmo assim, parece sentir minha atenção, pois a devolve, virando o pescoço em minha direção como uma águia avistando uma presa.

Curvo a nuca para baixo e me concentro na minha bandeja outra vez, não quero trocar olhares com esse desgraçado; mas, mesmo após um tempo, ainda sinto o peso de suas íris frias e nebulosas sobre mim.

De relance, noto que outra pessoa também tem os olhos sobre mim.

Liam é sutil, mas não é tímido. Nossos olhares se encontram quando ergo a nuca novamente, e ele me lança um sorrisinho. Não nos falamos depois do dia da biblioteca. Exceto no refeitório, nossos horários quase nunca se cruzavam. Talvez fosse para o melhor. Até porque preciso dedicar toda a minha atenção para descobrir o que houve com Calvin.

E, com isso, relembro o que tenho que fazer a seguir.

Como a comida que resta à minha frente e me despeço de Elijah e Roberto. Uso a desculpa de que estou cansado demais depois da aula de educação física e que quero dormir um pouco mais essa noite. Os dois são ingênuos o suficiente para acreditar.

Deixo o refeitório. As luzes quentes do salão se apagam nos corredores, dando lugar à penumbra silenciosa e inexplorada dos locais proibidos aos alunos depois do pôr do sol.

Sigo pelo caminho que estudei nos últimos dias depois das aulas de história da América, caminhando devagar nas bolsas de escuridão formadas entre as lâmpadas espaçadas que iluminam os corredores e acelerando o passo quando, inevitavelmente, ando sob as luzes.

Fico me virando para trás o tempo todo, meu coração acelerado sob o risco recrudescente de alguém passar por ali naquelas horas. Os professores costumam fazer as refeições numa sala especial do refeitório, nos mesmos horários designados aos alunos. Este é o momento mais seguro para tentar chegar aonde preciso. Se algo der errado, *estou fodido.*

Por isso, tento não fazer tantos ruídos e permanecer junto às sombras, apesar da minha respiração exasperada e do medo da figura da floresta voltar para finalizar o que deixou em aberto da última vez.

Após alguns minutos de caminhada, por fim entro no corredor que estive buscando. Agradeço imensamente por não ter trombado com alguém, mas ainda não me sinto seguro. Me aproximo da porta. Giro a maçaneta para confirmar que está trancada. *Está.* Apanho o clipe de metal do bolso e meu canivete. Começo a trabalhar na fechadura. É velha e um pouco enferrujada, não parece ser difícil abrir.

Me concentro na tarefa, até ouvir um som vindo do corredor ao lado.

— *Grrr...*

Merda.

A temperatura cai brusca e rapidamente.

Entre lutar ou correr, escolho *me esconder.* Insisto na fechadura, mesmo com meus dedos e dentes tremendo. Sinto a ponta do canivete e do clipe se encaixarem. *Click.* A trava gira. Me levanto e abro a porta. Praticamente me atiro dentro da sala e, assim que fecho a porta, o grunhido se eleva no corredor.

— *Grrrr....*

Será possível que essa coisa entre aqui toda noite? E se um dia resolver bater no meu quarto?

Engulo em seco, não pensando demais na possibilidade.

Apoio o corpo num móvel baixo ao lado da porta – um armário de verniz –, onde estão alguns livros e plantas, e me inclino em direção à persiana que dá vista ao corredor.

Eu não deveria fazer nada. Deveria ficar calado e imóvel até a criatura passar, mas minha curiosidade mórbida fala mais alto. Então abaixo uma das lâminas gentilmente, o suficiente para me permitir uma visão, mesmo que estreita, do exterior.

A visibilidade do corredor é baixa. Há apenas duas lâmpadas naquele local, uma em cada extremidade, deixando o meio particularmente sombrio. Semicerro os olhos, e consigo discernir um movimento, suave e contínuo. Então, as mesmas roupas rasgadas, os mesmos membros esguios, o mesmo rosto inumano. Está bem próxima de mim. Provavelmente, se eu levasse um segundo a mais para destrancar a porta, teria me emboscado.

Cara a cara com a figura de sombras, separado apenas por uma persiana e uma janela de vidro, prendo a respiração, não movo um músculo sequer. Seria incapaz, mesmo se tentasse.

Ela se move de modo sorrateiro, parece flutuar. O vidro da janela fica tão frio com sua aproximação que chega a trincar. Não uma, duas ou três, mas incontáveis vezes. É aterrorizante estar tão perto dela. Porém, além de terror, me sinto *instigado*.

É mesmo sobrenatural? Ou uma pessoa pregando uma peça elaborada? *Talvez "C"?*

Por que parece me perseguir? Será que alguma outra pessoa já a viu?

Como consegue entrar e sair do prédio com tanta facilidade?

E mais importante: tem alguma relação com o desaparecimento do meu irmão?

As dúvidas se sobressaltam ao medo.

E, quando menos espero, a figura já cruzou o corredor, sumindo de vista.

Respiro aliviado e, sem muito mais tempo a perder, parto para a mesa central da sala. Há pilhas de papéis sobre ela, e mais livros. Uma pequena estátua de caveira com uma frase de Shakespeare gravada. Para minha surpresa, todas as gavetas estão destrancadas. Abro-as uma atrás da outra, procurando algo que me ajude, qualquer pista que possa me colocar no caminho certo nessa busca por Calvin.

Folheio todos os testes, documentos e resumos. Tudo parece inútil. Até que uma lista particular chama minha atenção. Apanho-a. Leio o título. Meu coração parece parar. Leio todos os nomes listados, me desesperando mais e mais a cada linha. Preciso reler duas, três vezes para ter certeza de que não deixei passar nada; depois trago-a bem próximo dos olhos para me assegurar de que não estou lendo errado.

— Sr. Rodriguez? — Aperto a folha de papel em minhas mãos e pulo para trás com o susto. O professor Torres está diante de sua sala com roupas casuais e semblante desconfiado. Ele dá um passo para dentro do cômodo. — Andrew, o que está fazendo aqui tão tarde?

Merda. Merda. Merda. Merda.

Arregalo os olhos, tentando pensar em algo.

— Você disse que eu podia te procurar quando precisasse. — É o que consigo formular por conta da surpresa.

Benjamin pensa nisso por alguns segundos, inclina o pescoço para o lado, me fita profundamente.

— Eu sei, mas não a essa hora. Isso é contra as regras, posso te punir.

— Me punir? — Elevo o tom. A indignação dissolve o susto do flagrante. Dou a volta na mesa e estendo a folha em sua direção. — Então por que antes não explica o motivo de o nome do meu irmão não constar na lista de alunos ingressos deste ano?

Vincos se formam na testa do professor.

— Do que está falando?

Um tanto arredio, ele apanha o papel de minhas mãos e passeia os olhos por ele.

— Não tente se fazer de confuso agora — provoco.

— Não estou tentando nada. Nem sequer sabia que você tem um irmão.

— Você não pode estar falando a verdade.

— Por que eu mentiria para um estudante? — O professor aperta os lábios e cruza os braços, descontente diante da acusação, mas logo desfaz a postura. Analisa a lista de alunos uma última vez e, então, descansa-a na mesa. — Agora, se acalme. Me explique exatamente o que aconteceu.

E simples assim volta a ter o mesmo semblante carismático e morno de sempre. Seu olhar se suaviza, e o rosto também. A voz se aproxima de um sussurro.

Considero ficar calado. Não sei até que ponto posso confiar nas pessoas deste colégio – em especial nas que *trabalham* aqui. Mas há algo sobre o professor Torres que me impede de desconfiar dele, um tipo de preocupação genuína, daquela tão rara que quase não parece verdadeira quando você enfim a encontra.

Mordo o lábio inferior e passo a mãos nos cabelos. Encaro o chão.

— Cheguei neste lugar com meu irmão para estudarmos juntos. Ele desapareceu há uma semana. — Fito Benjamin outra vez. — A festa de boas-vindas foi a última vez que o vi. Tentei falar com o diretor, mas o Colter acabou me convencendo de que eu devia esperar.

— O sr. Green *sabe* disso?

— Aham. Ele me disse pra esperar, que o Calvin podia estar no quarto de outra pessoa. Mas meu irmão não compareceu às aulas, e no primeiro dia depois da festa...

— O quê?

— Todas as coisas dele sumiram do nosso quarto.

O professor se aproxima um pouco mais.

— Como assim, sumiram? — sussurra, mais baixo.

— Desapareceram. Quando voltei da última aula, as roupas dele não tavam mais lá, as malas também não. — Paro por um segundo. — E nossa beliche foi trocada por uma única cama de solteiro. Agora, olhe nos meus olhos — fito-o — e me diga se não tem algo muito errado nisso. Pessoas tiveram que entrar no quarto e trocar as camas, elas não se materializaram pra dentro e pra fora sozinhas. Sei que *vocês* têm algo a ver com isso. Sei que estão me enganando, que fizeram algo de ruim ao meu irmão. — As acusações me escapam num tom exaltado.

Na penumbra da sala escura e na confiança de um adulto que não me transmite uma aura imediatamente suspeita, me sinto na liberdade de desabafar.

Benjamin bufa.

— Andrew, se acalme. Droga. — O homem olha por cima do ombro, se certificando de que estamos sozinhos. — Eu sinto muito se o que está me dizendo é verdade, mas não pode atirar acusações dessa forma. Como eu disse, nem sequer fui informado de que você tinha um irmão, como pode supor que tive algo a ver com esse desaparecimento?

— Não *você*, especificamente. Mas as pessoas desse colégio. Não é normal que um aluno desapareça desse jeito logo depois de ser admitido. — Ele não responde, mas vejo no seu olhar que concorda. — E o mínimo que você pode fazer é ligar pra polícia, pro diretor, pro meu pai, e dizer pra alguém fora daqui o que aconteceu.

É estranho demandar algo tão óbvio de um adulto, e a sensação que tenho é a de que *eu* estou errado em investigar o desaparecimento do meu irmão e querer ajuda externa. De qualquer forma, o sr. Torres parece disposto a me auxiliar. Ele cerra as pálpebras e concorda com a cabeça, mas, quando entreabre os lábios para dizer as palavras que tanto anseio ouvir, uma terceira voz se ergue no ambiente:

— O que está acontecendo aqui?

De sobressalto, nós dois nos viramos na direção da figura à porta. Benjamin toma um susto maior, se desequilibrando na mesa e quase caindo. Ele fica em pé, visivelmente nervoso.

— Colter... — murmura, a voz frágil e hesitante. — Vejo que acabou seu jantar cedo — acrescenta, trabalhando rápido em disfarçar seu susto.

— Você também.

Da porta, o sr. Green nos fita com o queixo erguido, um brilho acusatório no olhar. A camisa social branca e a calça cáqui perfeitamente alinhadas parecem sugar um pouco da luz ao seu redor. Seus fios estão um pouco bagunçados, no entanto. E, com um pouco de atenção, noto que sua respiração está mais profunda do que o normal. *Ele correu até aqui.*

O professor de história da América me fita sobre os ombros.

— O sr. Rodriguez está aqui para conversar comigo sobre seu comportamento inadequado e sua falta de atenção nas aulas dessa semana.

E, quando o fito de volta, percebo um leve desespero em seus olhos arregalados. Levo dois segundos até compreender o que está me incitando a fazer; e, quando o faço, desvio o olhar para o chão, cruzando os braços numa posição de desconcerto. *Entro no papel.*

— Estão discutindo a melhor punição? — pergunta Colter, depois de me observar por um tempo.

— Claramente — diz Benjamin, num tom mais próximo ao normal.

De costas para mim, vejo-o estender uma das mãos por trás do corpo, sobre a mesa, até alcançar um livro. Então o arrasta até cobrir a lista de alunos ingressos que retirei de sua gaveta.

Nesse momento, me sinto um pouco culpado.

Colter inspira fundo e arqueia uma das sobrancelhas. Ele inclina o queixo para cima, os lábios sutilmente entreabertos. Cruza os braços e se apoia na lateral da porta aberta.

— Pensei num fim de semana de detenção para o sr. Rodriguez. Das oito da manhã às oito horas da noite, sem pausa. Ranjo os dentes, queimando de raiva por dentro. Por fora, me mantenho complacente.

— E eu pensei o mesmo.

— Então está feito.

Benjamin se volta a mim, e finalmente reergo os olhos.

— Está dispensado, Andrew — diz, num tom sereno e firme.

Aceno com sutileza e dou alguns passos apressados na direção da porta.

O sr. Green não se move, no entanto, bloqueando minha passagem.

— Com licença — peço, mirando suas íris álgidas.

Ele dá um último olhar de relance a Benjie antes de me deixar passar.

Praticamente corro pelos corredores de volta ao refeitório, e então em direção aos dormitórios, com um peso maçante sobre os ombros, sentindo como se eu tivesse escapado por um triz de uma punição muito pior pelas mãos de Colter - *talvez a mesma do Calvin*.

Pelo menos a invasão serviu para me mostrar que Benjamin é confiável. Julgando por sua surpresa ao descobrir sobre Calvin, e que o sr. Green já sabia disso, não me restam dúvidas de que Colter esteja envolvido nisso, talvez junto ao diretor do colégio. Há algo sinistro rolando neste lugar e, a essa altura, já desisti de continuar aqui pelos próximos quatro anos. Nem sequer sei se chegarei vivo ao final do semestre. Tomarei a primeira oportunidade que surgir de dar o fora daqui - não antes de descobrir quem está por trás do sumiço do meu irmão.

Eu desacelero o passo e recupero o fôlego.

Quando cruzo o último corredor em direção ao meu quarto, uma mão grande, grossa e pesada envolve minha boca, me impedindo de falar. Um braço envolve meu abdome, me puxando contra uma parede de músculos. Tento gritar, mas minha voz sai completamente abafada.

— Shhh... não tenha medo.

ROMEU

A porta à minha frente é aberta e então percebo que estou numa escadaria escondida que leva ao teto da Masters. A luz da lua invade o local, banhando as paredes de pedra exposta ao redor e batendo no garoto que lidera o caminho, o que faz uma sombra longa se esticar, indo de seus sapatos até os meus.

Ele salta o último degrau até o teto e segura a porta aberta para mim. Me apresso pelo corredor diagonal apertado até estar livre.

A brisa noturna fria atinge meu rosto com violência – uma violência *refrescante*. Inspiro fundo, sentindo os pulmões expandindo com ar puro. Giro no mesmo lugar, observando todo o cenário à minha volta. Estamos no topo de uma das torres – desse ângulo, parece a Sul. As árvores da floresta balançam e balançam numa dança ritmada com o vento. Ao fundo, o mar se mistura de maneira indistinguível com o céu escuro, criando uma cortina que se estende em todas as direções. É uma visão bela; no entanto, profundamente solitária.

Liam fecha a porta que nos deu passagem para este lugar e então dá uma corridinha até o balaústre que delimita todo o teto, formando uma espécie de mezanino. *Os arquitetos*

*provavelmente sabiam que, de qualquer forma, jovens estúpidos
como nós subiriam até aqui.*

O filho do diretor observa a vista por alguns instantes e
logo se volta para mim:

— Então, o que acha? — indaga, com um sorriso orgulhoso nos lábios, seus fios amarelos bagunçados pela brisa
cobrindo metade de seu rosto.

Eu me aproximo do balaústre, ficando ao lado dele.

— É lindo.

— É mesmo. — Juntos, observamos a floresta quiescente. A porção mais próxima do prédio é iluminada pelas luzes
artificiais que vazam pelas janelas. — Essa passagem ali —
diz Liam, apontando para trás com a cabeça — é uma que
só os veteranos conhecem, então não sai espalhando, ainda
mais pros seus dois amigos.

— O Roberto e o Elijah são tranquilos.

— Mesmo assim — ele se aproxima até que seu ombro
toca no meu —, fica entre nós.

Concordo em silêncio.

Desvio o olhar para o horizonte outra vez, só então me
dando conta de algo.

— Todos aqueles olhares no refeitório... — murmuro. —
Esteve planejando me trazer aqui o tempo todo?

— Não, na verdade foi uma decisão de última hora.

— Por quê?

— Porque eu queria te encontrar de novo, e você saiu
do refeitório antes que eu pudesse chegar em você pra te
falar isso.

— Tinha algo que eu precisava fazer.

Ele franze o cenho.

— Cheio de mistérios — balbucia, com certa ironia.

Esfrego meus braços. Aqui fora está frio, mas nem de longe
tão frio quanto naquele corredor com o demônio da floresta.

O que Liam acharia se eu contasse sobre a figura agora? Tentaria me convencer, mais uma vez, de que é só um truque da minha mente?

Talvez sim. Talvez não. Mas, se quero trazê-lo para dentro de meus problemas, é melhor não começar pelo mais cabeludo:

— Eu tentei entrar escondido na sala do sr. Torres.

— Você tentou o quê?

E, por seu espanto acerca dessa parte da verdade, percebo que fiz a escolha certa.

— Pois é. Não deu muito certo, ele apareceu por lá antes que eu conseguisse sair.

Liam cruza os braços e apoia a cintura no balaústre, me fitando de lado.

— O que aconteceu?

Cerro os punhos sobre o mármore áspero, seco e castigado da estrutura.

— Ele me deu detenção, mas isso não é o mais importante. — Tomo ar antes de confessar: — Descobri que o Calvin não tá na lista de alunos ingressos na Masters este ano. É como se ele não fosse um aluno daqui, pelo menos não pelos documentos que os professores têm.

— Tá falando sério?

— Tô. — Suspiro.

— Acha que pode ser algum tipo de erro?

— Não; não mais. Meu irmão está sumido há uma semana. Algo ruim aconteceu com ele. E acho que os professores são os responsáveis.

— Todos os professores?

Pondero sobre a pergunta.

— Não posso dizer com certeza. — Batuco o balaústre e encaro o chão. — Benjamin não parecia mesmo saber do que eu tava falando, mas o Colter... O Colter tem um dedo nisso com certeza, Liam. Ele sabia quem era meu irmão quando o encontrei fora da sala do seu pai. Mais do que isso, acho que sabia dos problemas que o Calvin tinha antes de vir pra cá, e sabia que nosso pai já estudou aqui antes. E mesmo assim... ele é negligente, desde então está fingindo que o Calvin sequer existe. — Contraio os lábios e nego com a cabeça. — É tão estranho...

— O quê?

— Me sentir ameaçado por pessoas que deviam me proteger. Professores geralmente não são os vilões das histórias... — sussurro a última frase.

Quando encaro o filho do diretor novamente, vejo preocupação e ansiedade estampadas em seu rosto.

— Falou sobre isso com algum outro professor?

— Não. Mas pedi ao Benjamin que ligasse pra alguém pra pedir ajuda. Além disso, tem mais uma coisa.

— O quê?

"Se quer respostas, terá que buscar fora dos muros da Masters.

— C"

Miro a floresta e a praia, tudo que se estende além dos muros do castelo. Olhando de fora, a ilha parece pequena. Mas daqui, de seu centro, é como uma imensidão interminável.

Devo confiar nas palavras de um desconhecido?

Se é uma pegadinha, então quem pode estar colocando-a em prática? As únicas pessoas que sabiam de Calvin - e de seu desaparecimento - quando recebi o bilhete no meio do livro de botânica eram meus amigos, Colter e Liam. Mas Liam só soube quando eu já tinha o livro em mãos, então posso descartá-lo.

De novo, preciso acreditar que é Colter; é a resposta mais lógica. Neste momento, a única que faz sentido.

Liam ainda está me encarando em expectativa.

— Deixa pra lá. Acho que já despejei muita informação em você.

— Ei, você sabe que pode me contar qualquer coisa, certo? — Ele toca meu ombro e se aproxima tanto que preciso inclinar a nuca para cima para continuar fitando-o nos olhos. Não sou baixo, mas Liam é simplesmente muito alto. — Sei que a gente se conhece há pouco tempo, mas quero te ajudar a descobrir o que aconteceu com seu irmão. Como filho do diretor, me sinto meio obrigado a te fazer se sentir seguro aqui — afirma, com sinceridade, e, pela primeira vez, vejo um resquício de vulnerabilidade em suas íris.

— Não precisa se sentir obrigado a nada. — Penso em me afastar para que a conversa não mude de tom e mantenhamos a cabeça no lugar, mas o calor do toque de Liam é irrecusável. Seus dedos grossos apertam minha camiseta e, de suas digitais, pequenas descargas elétricas atingem minha pele. — Sei que nada do que aconteceu comigo ou com meu irmão é culpa sua.

Ele se aproxima mais, seu toque se aprofundando.

— Eu quero te proteger — diz, tão baixo que preciso me inclinar em sua direção para ouvi-lo —, de qualquer forma.

— *Me proteger?* — repito, com estranhamento. — Eu não sou uma donzela indefesa, Liam.

Sua mão deixa meu ombro e toca os fios em minha franja, arrumando-os para o lado, expondo mais do meu rosto.

— Todos precisamos ser protegidos.

Não sei exatamente como responder. Na verdade, não entendo se Liam está sendo literal no que está dizendo, ou se só está deixando as palavras escaparem de sua boca sem reflexão, já que seus dedos se arrastam, lentamente, até meu queixo.

— O que cê tá fazendo? — pergunto, sentindo sua outra mão tocar minha cintura. Ele me empurra gentilmente para o lado, até minhas costas estarem apoiadas no balaústre.

O braço envolve totalmente minha cintura.

— Posso te beijar? — indaga Liam, me fitando profundamente.

Abro os lábios sem nem pensar, e então encaro os dele.

Quando me surpreendeu no corredor dos dormitórios, eu sabia que acabaríamos dessa forma, de alguma maneira. E, mesmo que eu prefira me concentrar em encontrar Calvin e em sair daqui o mais rápido possível, meu raciocínio se deturpa, meu bom senso se enevoa, e assinto fracamente, tão fraco que apenas alguém tão próximo a mim conseguiria notar.

Liam agarra a lateral do meu rosto e me beija com intensidade, como se estivesse ansiando por isso havia algum tempo. A mão em minha cintura me esmaga contra si. Os ossos em nossos troncos chegam próximos a se fundir; nossas cinturas roçam com tamanha voracidade que o atrito se torna dolorido.

Passo os braços sobre os ombros dele, agarro os fios em sua nuca curvada e puxo-o para mim, encaixando o beijo de maneira mais confortável, sentindo o gosto de sua língua e de cada mísero centímetro de sua boca.

O beijo de Liam é cítrico e doce, inebriante como o primeiro gole de álcool, viciante como a dose de adrenalina em suas veias ao quebrar as regras pela primeira vez, *impossível de largar*.

— Olha só o que temos aqui, duas gazelas — diz uma voz atrás dele, na direção da entrada do teto, nos separando com brusquidão.

Encaramos a figura juntos, e sinto o humor de Liam apodrecer no mesmo instante em que o meu.

— Cala a boca, Lucas — grunhe Liam, com minha cintura ainda em seu braço. — E vai embora daqui, senão...

— Senão o quê, valentão? Vai me dedurar pro seu papai?

O cara tatuado maldito larga a porta pesada – que se fecha sozinha – e se aproxima de nós com passos firmes e rápidos. Está irritado, o semblante deformado num misto de inquietação e revolta. As íris cintilam como as de um cão raivoso.

Que merda o deixou tão alterado?

— Nunca precisei do meu pai pra lidar com babacas como você. — Liam finalmente me solta, também se dando conta de como o garoto está alterado e de como esse confronto pode ficar sério.

Estamos no topo de uma das torres, afinal de contas. Uma queda dessa altura não pode significar nada além de morte certa e instantânea.

— Ah, é? — Lucas praticamente grita em resposta. Ele não mostra sinais de desacelerar o passo em nossa direção. Liam também começa a caminhar até ele, se afastando de mim. — Então por que não me mostra do que é capaz? — Ele cerra os punhos até as veias de seu antebraço ficarem expostas, parecendo prestes a estourar. Sua respiração é rápida e entrecortada, como se estivesse lutando para manter a ira guardada.

Merda. Isso não vai acabar bem.

Liam dá mais alguns passos e para.

— O que tem de errado com você, cara? — Não consigo ver sua expressão, mas seu tom é confuso e um tanto surpreso.

A diferença de altura entre os dois garotos é significativa, mas isso não impede que o barulho de um soco forte ecoe pelo lugar. Liam cambaleia para trás e cai, desacordado. Um lado de seu rosto está completamente vermelho, sangue começa a escorrer de seu nariz.

— *Liam!*

Corro até ele, mas antes que consiga me agachar para prestar algum tipo de socorro, Lucas já está me segurando pelo colarinho, me empurrando para trás, em direção ao balaústre.

Ele vai me atirar daqui.

Eu me debato em suas mãos e tento me libertar a qualquer custo.

— Seu psicopa...

Mas então um soco me atinge em cheio, e meus sentidos ficam anestesiados.

— Você vem comigo. — Ouço sua voz abafada enquanto luto para focar minha visão novamente. Quando volto ao normal, não estou mais sendo empurrado em direção ao balaústre, e sim em direção à porta. — Eu disse que ia se arrepender.

FAUSTO

Lucas me arrasta escadaria abaixo e por vários corredores escuros. Já passou do toque de recolher, então todos os alunos, professores e funcionários, com exceções pontuais, estão em seus dormitórios. Luto o tempo todo para conseguir escapar, pois sei que algo terrível está prestes a acontecer. Mas é em vão. Apesar de marginalmente mais baixo, Lucas é bem mais forte.

Seguimos com pressa até a região das quadras dentro do prédio. Com o breu, demoro até entender para onde exatamente estou sendo levado. E, quando entendo, já estamos passando pela larga porta dupla de metal, adentrando o espaço das piscinas iluminado de azul pelas LEDs subaquáticas.

Lucas me atira de cara no chão frio. Grunho baixinho quando o impacto atinge a região em meu rosto já lesada. Ele fecha as portas de metal e enfia uma vassoura entre as duas alças, impedindo que seja aberta por fora. *Estou fodido.*

Espalmo o chão e tento me erguer, mas ele pisa nas minhas costas e me força a continuar deitado.

— Que porra cê tá fazendo, seu desgraçado? — grito.

— Te ensinando uma lição, seu calouro de merda.

— Você vai se foder muito por causa disso.

— Mas você vai se foder primeiro — rebate ele, com um sorriso de canto.

Meu sangue ferve. Fito os olhos do filho da puta, não encontrando muito além de sadismo e perversidade.

— Toda essa merda por causa de uma trombada acidental? Mano, eu não quis cruzar seu caminho naquele dia.

Ele retira uma faca retrátil da parte de trás da calça e a abre com um clique afiado.

— Mas cruzou. E agora vai pagar por isso — rosna, com ferocidade.

Lucas retira o pé de cima de mim e dá um passo para trás. A lâmina permanece apontada em minha direção, no entanto.

— Tira a roupa — ordena calmo.

— Como é que é?

— Tira a roupa. Não escutou?

— Não vou tirar porra nenhuma.

— *Quer morrer, porra?* — grita, e sua voz ecoa pelo salão com uma grande piscina retangular no centro. Desvio o olhar do garoto transtornado para a água cristalina à minha frente, e por fim entendo o que pretende fazer. — Tira a porra da roupa — diz, um pouco mais sereno —, e ninguém se machuca.

Fico paralisado por um segundo, covarde demais para admitir que realmente estou com medo. Não apenas com medo, *aterrorizado,* da forma que apenas o demônio da floresta conseguiu me deixar.

Observo a serenidade da água. Desde que cheguei aqui, já passei por sofrimento suficiente para uma vida inteira. Primeiro, o desaparecimento de Calvin; então, Colter, a criatura de sombras; e agora, Lucas. Devo ser o cara mais azarado do mundo inteiro. Mas, pelo menos, tenho Liam em quem confiar. E meus amigos. E Benjamin.

Se Lucas realmente é tão maluco a ponto de fazer o que está fazendo, então significa que não deve tê-lo feito. Nenhuma pessoa sã ou minimamente contente com a vida age dessa maneira.

E eu preciso acabar com isso logo para ajudar Liam, que acredito continuar inconsciente no telhado.

Fecho os olhos, aperto as pálpebras até senti-las doerem e xingo mentalmente. Me levanto do chão sem fazer movimentos bruscos. Em pé, seguro a barra da camiseta.

— Vai se foder — digo a Lucas, e puxo a peça para cima, expondo meu torso.

Em seguida, retiro meus tênis, as meias e a calça. Fico apenas de cueca no salão gelado e macabro, banhado no azul das luzes.

— Bom garoto. — Lucas não esboça reação alguma, apenas aponta a piscina com a ponta da faca. — Agora, mergulhe.

Meu coração acelera, minha respiração fica frígida.

— Não.

— Não vou repetir, *ruivinho*.

— Tá frio pra caralho, posso acabar com hipotermia — tento argumentar, mas vejo pelo semblante desinteressado dele que é uma tentativa vã.

Bufo e deixo os ombros relaxarem. *Que se foda.*

Sem pensar mais, pulo na piscina e sou engolido pela água surpreendentemente morna. Deve existir algum sistema de aquecimento no piso. Com alguma sorte, a temperatura do meu corpo não será reduzida a níveis críticos.

Permaneço submerso por alguns segundos - segundos de paz longe de Lucas. *Se é isso que esse babaca considera punição, talvez tenha o cérebro do tamanho de uma amêndoa.* Um rascunho de sorriso se desenha em meu rosto, mas se desfaz assim que percebo que o garoto não está mais à beira da piscina.

Rapidamente, volto à superfície e encontro Lucas próximo à estrutura de lona que recobre a piscina. Ele aperta um botão na máquina, e então um zumbido metálico contínuo castiga meus ouvidos enquanto a lona começa a se esticar sobre a água.

— O que cê tá fazendo, seu filho da puta? — Entro em desespero. Nado até a borda, mas Lucas é rápido e me alcança, já com a faca próxima ao meu rosto.

— Vai ficar preso aí por meia hora pra aprender o que é autoridade.

— Autoridade? Que autoridade você tem sobre mim?

A lona já alcança metade da piscina. Quanto mais se estende e encobre as luzes sob a água, mais escuro fica o salão.

Lucas pensa um pouco em minha pergunta.

— Quando o tempo acabar, você vai me responder a essa exata pergunta, e então vou considerar a possibilidade de te deixar ir embora.

Droga.

Me arrasto pela borda até um dos cantos. Então me volto à malha cinza que se aproxima rapidamente e engulo em seco.

— Lucas, não faça isso — imploro, começando a hiperventilar.

— Chorando já? Pensei que você fosse mais forte. — Ele retrai a faca. A lona já está quase na minha cabeça, então sou forçado a mergulhar até estar abaixo da extremidade mais alta da borda. — Fica calmo, pense nos seus atos e você não vai morrer. — É a última coisa que ouço antes de a lona me cobrir por completo.

Inspiro fundo. É impossível não entrar em pânico num momento como esse. Há vinte, talvez trinta centímetros separando a água da lona, o suficiente para meu rosto ficar emerso do queixo para cima. *Isso é tortura.*

Mas tento me acalmar. Tento pensar no lado positivo. Não tem como a piscina se encher mais, e posso ficar em pé tranquilamente, forçando a cabeça para cima. Se eu conseguir controlar meu coração e não ter um infarto, daqui a apenas trinta minutos sairei com vida.

Ouço a vassoura sendo atirada no chão, então a porta de metal do salão abrindo e fechando.

Cerro os olhos.

Estou sozinho.

Sozinho com meus pesadelos.

* * *

De olhos fechados, me concentro na minha respiração. Inspiro fundo pelo nariz, conto até três, então expiro fundo pela boca. É a mesma técnica que ensinei a Calvin quando ele tinha uma de suas crises de ansiedade.

Ainda tenho meu relógio, então posso acompanhar o tempo com alguma eficácia. Reabro os olhos e checo os ponteiros. Faz vinte minutos desde que Lucas saiu. Ele provavelmente se atrasará, para me torturar ainda mais, mas não há chance alguma de me deixar preso aqui até o amanhecer e correr o risco de algum dos professores tombar em mim antes dele.

Encaro meus pés. Apesar da água morna, as pontas de meus dedos já estão enrugadas. E, como não há muito para fazer além de pensar, penso. Penso nesta noite e nos passos que me levaram até o encontro de Lucas.

Como ele sabia que eu estava no telhado da Torre Sul? Será que frequenta o lugar todas as noites? Estava me seguindo?

Se estava me seguindo, por que esperou até o beijo para nos interromper?

Seria uma grande ironia se o desgraçado estiver com ciúme e esta for sua maneira de demonstrá-lo.

Odeio garotos.

Um som metálico me deixa sobressaltado. É a porta do salão sendo aberta e fechada outra vez.

Ele já voltou?

— Olá? — grito sob a lona. Silêncio absoluto se segue por alguns segundos. — Quem tá aí? Lucas, é você? — Mais silêncio. Franzo o cenho. — Essa brincadeira já passou do limite, entendeu? Me tira daqui, e não vou falar disso pra ninguém. — E realmente não direi.

Quem poderá me ajudar? O diretor que nunca está disponível? Colter? Rio para mim mesmo só com a possibilidade. A polícia, penso, vou contar pra polícia quando chegarem aqui depois da ligação de Benjamin. Mas até lá ficarei calado.

— Por favor, só me tira daqui. O frio tá insuportável — minto.

Então ouço mais barulhos metálicos. Dessa vez não vem da porta, e sim de algo sendo arrastado sobre o chão. Enrijeço. *É a criatura novamente?* Não ouço grunhidos, no entanto.

O ruído é similar ao de uma lâmina raspando no concreto e fica mais alto a cada segundo, está se aproximando da borda da piscina.

Começo a ter uma sensação estranha quanto a isso.

— Lucas? — Algo não está certo.

Respiro fundo, o rosto voltado à lona, tentando entender o que está se passando lá fora.

Então sinto uma ardência súbita em meu ombro esquerdo, antes de ouvir o impacto da lâmina rasgando a lona e penetrando minha carne.

— *Ah!*

A lâmina é puxada para trás e sai de dentro de mim com tanta violência quanto entrou. Seguro o ferimento, desesperado, e meu peito afunda ao ver a água ao redor ser tingida por sangue.

Eu me afasto daquela extremidade o mais rápido que posso, nadando para o meio da piscina, onde não vai conseguir me alcançar.

— *Seu psicopata!* — grito, para o que imagino ser Lucas.

Mas então percebo que a faquinha retrátil nunca conseguiria perfurar a lona grossa daquele jeito, e não é longa o suficiente para alcançar meu ombro sob a água.

Essa pessoa não é o Lucas.

E, de alguma forma, isso é ainda mais aterrorizante.

Fico encolhido em silêncio, no centro da piscina, por algum tempo. Meu ombro não dói muito, talvez por causa da adrenalina – a mesma que faz minhas tripas se revirarem. Não tenho certeza se a pessoa do lado de fora sabe onde estou, então uso essa pequena vantagem.

No entanto, logo vejo a extremidade da lona afundar alguns centímetros e, então, ser rasgada pela lâmina. Um pouco mais atento, percebo que se trata de um facão – que pode facilmente me matar se atravessar meu crânio. A lona afunda um pouco mais próximo, e o facão rasga a cobertura mais uma vez. Isso se repete de novo e de novo. *O desgraçado tá se agachando em cima da malha, tentando descobrir minha localização.*

Aos poucos me afasto para o mais longe da figura que consigo, sem movimentos bruscos e sem respirar alto demais.

Metade da lona é perfurada antes que a pessoa perceba que sua estratégia é inútil e resolva parar por alguns segundos. Segundos que me levam a duas suposições: *e se essa pessoa for "C"?* E se for a responsável pelo sumiço do meu irmão?

Será que voltou para terminar o que começou com Calvin?

Visualizando a figura sobre a lona e tendo certeza de sua localização, me sinto corajoso o suficiente para dizer:

— Eu recebi seu recado. Se sabe o que aconteceu com o meu irmão, então por que não para de falar em códigos? Por que não me diz cara a cara onde o Calvin tá? — A figura fica imóvel, sem fazer um som. — Você matou ele? — Então ela subitamente salta sobre a lona, caindo bem próxima a mim. O facão atravessa a malha com ferocidade, abrindo um buraco oval. Me impulsiono para trás com os braços sob a água. O facão é puxado para cima e jogado para o lado. A pessoa enfia as duas mãos no corte da lona e alarga-o ainda mais, puxando a malha de proteção para cima. Eu me encolho numa das paredes da piscina, tremendo de medo, quando o desgraçado coloca um de seus olhos naquele buraco, me fitando diretamente. Pela escuridão, não consigo distinguir a cor das íris, apenas a diferença entre sua coloração mais escura e o branco do globo ocular.

Nos encaramos pelo que parece uma eternidade, até que minha ira me permite dizer:

— É por isso que tá tentando me matar agora? Por que quer se livrar dos dois irmãos Rodriguez? — O olho não se desvia de mim. — *Diga alguma coisa!* — grito.

No mesmo instante, um outro barulho metálico ecoa no salão. É a porta sendo aberta.

A figura sobre a lona se afasta de sobressalto, apanha o facão jogado e corre para longe.

— Quem é você? Que merda está fazendo? — alguém grita da porta.

Reconheço a voz no mesmo instante.

— Liam? *Liam, toma cuidado!* — Meu coração chega próximo de pular pela boca. A claustrofobia da lona apertada me atinge em cheio quando percebo que Liam está em perigo e nem sequer posso vê-lo.

— *Fica longe de mim!* — grita ele.

— *Liam!*

O barulho metálico das portas ecoa novamente, seguido por silêncio.

— Liam, o que tá acontecendo?

— Tá tudo bem — sua voz me retira um suspiro de alívio. — *Ele* já foi embora.

Minha respiração segue acelerada.

— Estou debaixo da lona. Me tira daqui, por favor.

— Como você foi parar aí? Está bem?

— O Lucas me prendeu aqui. Meu ombro tá ferido.

— Fica calmo, vou dar um jeito.

Ouço passos se aproximando da borda da piscina, então o ressoar da máquina que controla a lona. Alguns segundos depois, a malha finalmente começa a se retrair, liberando minha passagem.

Nado até a extremidade livre e me apoio na borda. Liam corre em minha direção, me segura pelas axilas e me ajuda a me impulsionar para fora da água. Me sento no chão frio do salão, tremendo.

Sem dizer nada, fito seu rosto. Está machucado; um dos lados continua tão vermelho como um tomate, e o nariz parece um pouco torto. Seus olhos estão assustados, no entanto, e se direcionam a mim - mais especificamente, ao meu ombro.

Acompanho seu olhar e só então percebo o estrago que aquele desgraçado fez. O corte é mais fundo do que o confortável e, mesmo minutos depois, continua sangrando. A água da piscina não é mais cristalina; adquiriu um tom rosado.

A adrenalina está indo embora de minhas veias; o frio e a dor começam a me castigar sem misericórdia. Me sinto próximo de sucumbir.

Liam se afasta de mim e corre até um dos armários no salão. Abre-o rapidamente e apanha uma das toalhas grandes. Em seguida retorna a mim, abre-a e me encobre com ela.

— Se enrola nisso — comanda, e obedeço de prontidão. Me aperto tão forte contra o tecido felpudo quanto é humanamente possível.

— Você viu o rosto da pessoa?

— Não, ela tava encapuzada — responde Liam, rápido.

— Acha que foi o Lucas? — Seu tom ainda é assustado.

Inspiro e expiro fundo algumas vezes, observando a água misturada a sangue que preenche a piscina.

— Ele me prendeu na piscina, mas não sei... não sei se foi ele que tentou me matar.

— *Te matar?* — repete Liam, a voz aguda demais. Encaro-o. *Não é óbvio?*

— O que aconteceu depois que chegou? A pessoa, ou seja lá o que aquela porra era, não tentou te machucar?

— Não, só apontou uma coisa afiada na minha direção, parecia uma faca, e saiu pela porta. Pensei em reagir, mas...

— Você fez bem. — Mordo o lábio inferior e reflito. — Então eu era o único alvo.

— Alvo *de quem?*

— Da mesma pessoa que tá por trás do desaparecimento do meu irmão.

DELIRIUM

Sentado na maca da enfermaria, fito a parede branca à minha frente, ruminando sobre o que acabou de acontecer, sem conseguir me livrar do medo, da angústia e da maldita sensação úmida em minha pele. Embora vestido, continuo com frio.

A enfermeira - que precisou ser acordada por Liam - está com cara de poucos amigos enquanto enrola uma faixa de gaze em meu ombro. Suas mãos são delicadas, no entanto. Os analgésicos e anti-inflamatórios que me deu há pouco já sumiram com a dor.

— O sangramento está controlado, mas você vai precisar de uma antitetânica e de antibióticos — diz a mulher de meia-idade, uma das poucas presentes no castelo majoritariamente masculino, e finaliza o curativo com um pedaço de fita microporosa.

Quando se afasta e leva a bandeja de utensílios que esteve usando até a pia, visto minha camiseta outra vez. Liam está sentado ao meu lado, numa cadeira mais baixa do que a maca, e parece pensativo desde que entramos aqui.

— Agora se importa de me explicar o que aconteceu, de verdade? — demanda a enfermeira, que se volta a mim com uma postura irritada, se apoiando com uma das mãos na pia metálica e a outra na cintura.

Reviro os olhos.

— Já falei tudo, em detalhes. Se você não quer acreditar em mim, repetir não vai te convencer.

Ela arqueia as sobrancelhas.

— Só estou tentando ajudar, sr. Rodriguez.

— Então *me ajuda*. — Bufo, e então a fito com os olhos bem abertos. — Meu irmão desapareceu há uma semana, e agora alguém tentou me matar na piscina. Acha que isso é coincidência? — A mulher abre a boca, mas a fecha logo em seguida. — Tem um psicopata lá fora que fez algo ao meu irmão, e agora tá vindo atrás de mim.

Ela contrai os lábios e acena sutilmente. Em seguida, puxa uma cadeira e se senta próximo à maca. Apoia os cotovelos nos joelhos e entrelaça os dedos.

— Se coloque no meu lugar, escutando essa história de um aluno que acabou de chegar na minha sala no meio da madrugada, encharcado e sangrando de um corte no ombro. Você acreditaria mesmo que tem um *serial killer* solto nesses corredores — diz, apontando para a porta atrás de si — em que trabalha há décadas, ou acharia que há alguma outra explicação mais plausível? — É minha vez de ficar calado. — Como dois alunos que decidiram ultrapassar os limites da piscina durante a noite e acabaram se acidentando?

— *Isso não foi um acidente.* — Indico meu ombro. — Será que vou ter que morrer pra que acredite em mim? — A enfermeira se levanta da cadeira e a arrasta até o mesmo local de antes, se afastando. Nesse momento, me volto a Liam, buscando algum apoio. Ele me fita com um olhar encorajador, mas não diz uma palavra. — Beleza — digo, me virando na direção da enfermeira —, não acredite só em mim. A pessoa que fez isso tinha um facão, rasgou a lona da piscina enquanto eu tava preso nela. Veja a droga da lona picotada e então me diga se ainda acha que foi um acidente.

A mulher de meia-idade me encara, a boca fechada num bico. Apesar do semblante antipático, parece considerar minha sugestão.

A porta da enfermaria se abre bruscamente, atraindo nossa atenção. Por ela, entram Colter, Benjamin e um terceiro homem que vi apenas de relance em alguns momentos, o qual Elijah me informou se tratar do zelador do prédio.

— O que eles tão fazendo aqui? — indago, surpreso.

A enfermeira me lança um olhar despido de remorso.

— Eu precisei alertá-los. — Diante de minha indignação, dá de ombros. — É o meu trabalho, sr. Rodriguez.

— O que aconteceu aqui? — pergunta Benjie, dando alguns passos em minha direção.

— Acabei de quase ser assassinado — respondo. Isso não parece ser o suficiente para aplacar os questionamentos dos homens que acabaram de entrar, visto que continuam me fuzilando com olhares confusos. Então, respiro fundo e elaboro: — Eu tava com o Liam no terraço quando o Lucas apareceu, nos agrediu e então me puxou à força pra piscina. Ele me prendeu sob a lona e disse que eu ia ficar lá por meia hora, pra refletir sobre meus atos. — Amaldiçoo o filho da puta mentalmente mais uma vez ao perceber como isso soa ridículo em voz alta. — Algum tempo depois, uma pessoa encapuzada entrou no lugar com um facão e tentou me filetar. — O sr. Torres e o sr. Green se entreolham e discutem sem emitir nem um som sequer. O zelador permanece um pouco mais observador, os braços cruzados sobre o peito, seu nome no uniforme cinza está fora da minha visão. — Sim, sei que estávamos quebrando as regras no terraço — completo, na esperança de apaziguar os ânimos de Colter —, mas isso tá longe de ser o problema mais grave aqui.

— Me desculpe, sr. Rodriguez, mas isso é absurdo. — Para minha surpresa, o zelador é o primeiro a falar. Ele encara o sr. Green por um breve segundo, e então dá alguns passos para o interior da enfermaria. Entre os três homens, ele é o que se aproxima mais de mim. — Sou o único que tem as chaves da piscina e dos outros locais restritos para alunos depois do toque de recolher.

— Bom — engulo em seco —, o Lucas tem as chaves também. Mais um motivo pra acabarem com a raça desse babaca.

— Andrew — Benjamin me fita —, Lucas tentou... machucar você?

Pondero por um instante.

— Ele me socou. E me prendeu na piscina. Se você não chama isso de tentar me machucar, então não sei do que chama.

— Quero dizer — o professor de história se apressa —, ele é a figura encapuzada com o facão?

Nego com a cabeça.

— Não tenho certeza. — Benjie e Colter se entreolham novamente. Minha intuição me manda adicionar: — Mas essa pessoa... a pessoa que tentou me matar... esteve envolvida no desaparecimento do Calvin.

— Como sabe disso? — indaga Colter, o olhar estreito em minha direção.

Entreabro os lábios para mencionar o bilhete ameaçador que encontrei no livro de botânica que *este* filho da puta nos mandou encontrar na biblioteca, curiosamente assinado por alguém com a mesma inicial de seu nome, mas minhas entranhas congelam, me ordenando a ficar calado. Então, apenas encaro o professor de volta, a cada segundo mais certo de que ele é o responsável por toda essa desgraça.

A tensão sobe na enfermaria, pequena demais para acomodar seis indivíduos.

— Acho que deveríamos checar a lona agora, para não ter dúvida de que o que Andrew está falando é a verdade.

— A voz de Liam ecoa atrás de mim pela primeira vez. Dou meia-volta para encará-lo. Há altruísmo e preocupação em seu semblante, assim como algo a mais, algo que não consigo ao certo desmembrar.

— Eu concordo — diz Colter e, quando percebo, já está saindo pela porta do local.

***

A caminhada inteira até o salão da piscina é feita num silêncio afiado, quebrado apenas pelo som dos passos ecoando. Liam e eu estamos atrás dos quatro adultos, trocando olhares de relance a todo instante. Fico me voltando para trás o tempo todo, sentindo a presença da pessoa que tentou me matar escondida em todos os cantos escuros, tendo calafrios a cada vez que atravessamos uma porção particularmente mal-iluminada dos corredores.

Enfim alcançamos o salão.

Colter e Benjamin entram primeiro, abrindo a porta metálica, que então é segurada pelo zelador para que a enfermeira, Liam e eu passemos. Finalmente consigo ver o nome gravado no uniforme do homem baixo e calvo responsável pelo prédio. *Daniel.*

Quando estamos todos no salão, ele solta a porta e corre com passos curtos até uma caixa de interruptores numa das paredes. Noto que a água está cristalina outra vez. Talvez haja um sistema de reposição ou algo assim. Ou talvez meu sangue tenha se dissolvido por completo. Não faço ideia dos pormenores dessa reação química.

As luzes do teto do salão se acendem, pulverizando toda a atmosfera macabra. Isso me deixa muito mais seguro, mas continuo nervoso. *E se a lona estiver intacta?* Isso é impossível. *A água já está limpa. E se alguém entrou aqui e a trocou?* Não, não houve tempo hábil para isso.

Eles vão acreditar que você é louco.

Eu não sou louco.

Às vezes sua mente lhe prega peças neste lugar.

Minha mente não está me pregando peças. Sei o que vi, sei o que vivi. A lona estará retalhada, e então ninguém poderá duvidar de mim e de Liam.

Eu sei que estará.

Eu sei.

O zelador se aproxima da máquina que controla a lona, se agacha e a aciona. O tecido se estende sobre a água lentamente, sem escuridão, sem truques.

E também...

Sem cortes.

Parte 3
O DEMÔNIO DA FLORESTA

DUAS SEMANAS ANTES

"O inferno está vazio e todos os demônios estão aqui."

William Shakespeare (*A tempestade*)

SLENDER MAN

Alguns dias depois

É uma manhã anômala, fria e nublada. O céu, que costuma ser de um azul vibrante, está cinza. A janela está embaçada pela umidade, obstruindo a visão do restante da ilha. Meus dedos estão enrugados – como estavam quando meu corpo estava submerso na piscina.

Tento não pensar demais naquele dia. Não posso, senão enlouquecerei. A única conclusão a que cheguei é que a pessoa que tentou me matar voltou ao salão depois que Liam me salvou, substituiu a lona e limpou a água. Isso significa que ela sabia não apenas onde uma lona reserva era armazenada, mas também como trocá-la. Ou seja, só pode ser alguém com mais conhecimento sobre os funcionamentos do prédio do que um aluno comum. Um adulto; um funcionário; um professor. *É o Colter. Tenho certeza disso.*

Mas essa explicação não serve de nada. Ainda sou visto como o lunático que se machucou na piscina e inventou a história de um *serial killer*. Ninguém acredita em mim além de meus amigos e Liam. *E o Lucas, é claro.* No meio de tudo, o desgraçado ainda saiu impune.

Pisco demoradamente. Pela primeira vez desde que cheguei a este lugar, não tenho forças para começar um novo dia. Meus ombros estão pesados. Pareço ter chumbo em vez de ossos nos pés. Meus músculos e minha mente doem, latejam. *Só quero encontrar o Calvin e parar com esse pesadelo.*

Para isso, no entanto, preciso seguir em frente.

Expiro fundo.

Em minha cama, me sento calado e distraído, com a mensagem que Calvin me deixou antes de desaparecer numa mão e, na outra, a de "C". Meus olhos estão fixos nos fragmentos de papel, mas minha mente está longe, longe daqui.

Por que "C" tentaria me matar depois de me dizer para procurar Calvin fora do castelo? Quer ou não quer que eu encontre meu irmão? Se ele é o responsável pelo desaparecimento de Calvin, por que quer me ajudar a encontrá-lo?

Nada faz sentido. E, quanto mais tento desembaralhar os nós em minha cabeça, mais ela dói, e mais longe me sinto de chegar a qualquer conclusão que faça sentido. Tudo o que tenho são suposições e desconfianças. Não tenho provas reais de nada e preciso me apressar a consegui-las caso a pessoa da piscina resolva terminar o que começou.

Engulo em seco. Pego um dos livros didáticos de botânica sobre a escrivaninha, uma folha de papel em branco, uma caneta. Uso minhas coxas de apoio. Escrevo uma resposta ao bilhete de "C".

"Sinto que estou enlouquecendo. Me dê algo concreto com que possa trabalhar, algo que me ajude a provar que há coisas erradas acontecendo aqui, comigo. Já me falaram tantas vezes que meus olhos e minha mente estão me pregando peças que estou começando a acreditar.

— Andrew."

Dobro o bilhete e o coloco no meio do livro. Me levanto e entro no banheiro. Não posso desistir. *Não ainda.*

***

Pulo o café da manhã. Vou direto do quarto para a biblioteca. Elijah e Roberto sentirão minha falta, mas minha ansiedade não me permitiria aproveitar uma refeição em paz. Preciso agir, mesmo que isso signifique me corresponder com a pessoa que possivelmente tentou me matar algumas noites atrás.

Entro no largo espaço preenchido por livros, estantes, mesas de estudo e um aroma de âmbar característico. Como esperado, está vazio, à exceção do bibliotecário de meia-idade distraído em seu balcão. Passo por ele, que nem sequer me dirige o olhar. O velho exala a mesma aura de negligência da enfermeira. Deve ser ótimo ser tão ignorante dos terrores que ocorrem neste prédio.

Caminho com passos apressados até a seção mais afastada, onde encontrei os livros de Colter da última vez. Agora, no entanto, me certifico de ligar os abajures das paredes, amenizando a sensação macabra desses corredores. No entanto, a iluminação não impede que um ou outro calafrio atravesse minha espinha ao ouvir um ruído distante. O demônio pode muito bem estar à espreita entre as estantes, esperando o momento certo de me atacar.

Um risinho amargo me escapa. *Para alguém tão ordinário, certamente tenho pessoas demais querendo me matar. Talvez seja o cabelo vermelho.*

Alcanço a seção dos livros de botânica e encaixo o exemplar com o bilhete num dos espaços vazios. Inspiro fundo, aliviado. *Agora é só esperar.*

Olho para os lados na busca de algo fora do normal, mas não há nada. Talvez aquela coisa esteja em outra parte do castelo, ou tenha fugido para a floresta.

Mas como, exatamente, conseguiu sair da floresta e entrar no prédio sem ser notada? Há apenas uma entrada conectando o castelo ao exterior, mas ela é guardada pelos recepcionistas. Além do mais, até onde sei, a porta principal é a única entrada da biblioteca. O bibliotecário a abre pela manhã e a tranca todas as noites, pessoalmente. *Se bem que, pela postura que observei antes, não é de surpreender que ele não a tenha notado.*

Mas, se a criatura de sombras não atacou ninguém além de mim, isso só pode significar que sou seu único alvo. *Por quê? Por que um demônio que parece o* Slender Man *ia querer me matar? Que conexão posso ter com essa coisa?*

Fito com muita atenção os corredores à frente, que se aprofundam nas entranhas da biblioteca sem parecerem ter fim. São tantas estantes que perco a conta; tantos livros que parecem grãos de areia numa praia. Me volto para trás, observando o caminho que trilhei até chegar aqui. *É possível que exista outra entrada?*

Se existir, vou encontrá-la.

Em vez de retornar ao ambiente central da biblioteca, sigo em frente, até onde esses corredores me levarem.

***

E eles me levam para longe. Caminho por mais vinte, talvez trinta minutos até as estantes de livros acabarem, dando espaço a um corredor largo e escuro. Há uma porção que distingue muito bem o ponto em que isso deixa de ser a biblioteca... e passa a ser outra coisa: a parede perde o reboco, e as pedras sob o concreto ficam expostas. É como caminhar num tipo de túnel medieval que leva direto ao inferno.

Os abajures são substituídos por tochas, posicionadas de maneira espaçada ao longo do corredor, produzindo bolsas de iluminação similares àquelas dos corredores do prédio durante a noite. Por segurança, apanho uma das tochas da parede e carrego-a comigo. Dessa forma, ao menos não serei engolido pela escuridão.

Um ou dois minutos após cruzar o limite entre a biblioteca e o túnel para o inferno, paro e olho para trás. A iluminação artificial está distante, quase inalcançável. Mordo a língua. Não tenho dúvidas de que foi por aqui que a criatura de sombras conseguiu entrar no prédio, o que me diz, no mínimo, que estou caminhando em direção à floresta. Mas não vejo saída à frente, apenas mais escuridão, mais pedra exposta e mais tochas.

Encaro as chamas que carrego. Alguém deve ter passado por este corredor há pouco tempo para acendê-las. São muitas; este é um trabalho que deve levar ao menos uma hora. *O zelador, talvez?*

Não preciso do mapa do castelo para saber que estou em território proibido para alunos. Mas, se as tochas estão acesas, significa que este lugar é frequentado por alguém, por algum motivo. Professores vêm aqui? *Por quê?*

Apesar de todas as dúvidas e de meu bom senso gritar para que eu dê meia-volta e retorne à biblioteca, já estou fundo demais neste túnel para voltar. Então continuo, enterrando tão fundo em meu interior o medo do escuro que talvez ele jamais consiga retornar à superfície.

Após vários minutos de caminhada, encontro a primeira abertura no corredor, que parece levar a um similar. Resolvo continuar no caminho em que estou. Posso acabar me perdendo caso desvie demais.

Mais alguns passos e encontro outra abertura; e mais uma; e mais uma. O corredor principal se encerra no que parece ser uma encruzilhada de corredores diagonais. Paro, analisando os três caminhos possíveis. Não há um ruído sequer ao redor, apenas o crepitar das tochas e minha própria respiração inquieta.

Resolvo tomar o caminho mais à esquerda. Ele parece ser mais iluminado do que os outros; as tochas estão distribuídas de maneira menos espaçada. Olho sobre os ombros o tempo todo; não me surpreenderia se o demônio pulasse sobre mim bem agora. Se não está na floresta, está escondido por aqui, em algum lugar.

Toco a pedra exposta na parede. A sensação gélida manda pequenas descargas elétricas da ponta dos meus dedos até minha coluna. *Por que esse lugar foi construído? Por que o acesso à biblioteca?*

Será que "C" também se esconde aqui?

Poderia o Calvin ter se aventurado neste labirinto e se perdido? Ou coisa pior?

Preso nos devaneios, só percebo que entrei numa sala peculiar quando vejo meu reflexo refletido na parede à minha frente. Não. Não na parede, mas nos quadros de vidro presos nela.

— Mas que merda? — murmuro para mim mesmo.

Dou alguns passos para trás e ergo a tocha, iluminando o máximo da parede que consigo. É gigantesca. Há centenas, talvez milhares de quadros recobrindo a pedra exposta. As molduras são douradas; as pinturas, numa escala de cinza, sem saturação alguma. Os rostos ilustrados são todos de homens jovens, sérios e direcionados à frente. Todos parecem me encarar, suas pupilas escuras ganham tons alaranjados pela luz da tocha. Sem exceção, vestem o terno da Masters, o logo orgulhosamente estampado no lado esquerdo do peito.

São estudantes do colégio?

É uma visão desconcertante. Não fosse pelo cenário onde está localizada, seria apenas mais uma parede com quadros de alunos – uma bela homenagem. Mas a escuridão ao redor lhe dá uma roupagem macabra. *Por que está enterrada aqui, neste labirinto? Por que foi escondida de tudo e todos?*

Caminho um pouco ao longo da parede, tentando reconhecer algum dos rostos. Os quadros não têm identificação alguma na moldura. Dou dois passos para a direita e ilumino algo que me faz saltar para trás.

— Roberto?

Seu quadro está na fileira mais próxima ao chão, como se tivesse sido colocado ali havia pouco tempo. Me agacho e chego mais próximo, quase encostando meu rosto no vidro, para me certificar. *Realmente é ele.*

Ao lado, estou eu. Ou melhor, está meu quadro. Prendo a respiração ao ver meu próprio rosto desenhado com tanta delicadeza, com tantos detalhes. Cada mínima sarda parece ter sido replicada com perfeição, cada linha imperfeita, cada ângulo de meu rosto. Meu reflexo no vidro parece apenas a versão colorida do que está na pintura. Toco o vidro. *Quem fez isso? Quando esse treco foi feito?*

Meu quadro é o último da fileira. Após ele, há apenas rocha exposta. Me levanto e volto a analisar a parede, buscando outros rostos familiares. Com mais atenção, identifico Liam e Lucas algumas fileiras acima. E só. Franzo o cenho quando percebo que Calvin não está ali. Elijah também não.

Preciso contar isso pros meus amigos.

Começo a apressar o passo para longe dos quadros, de volta ao caminho que me levou até ali. Não consegui identificar a saída para a floresta, mas seria besteira descartar a possibilidade de este ser o esconderijo da criatura de sombras, *e sabe-se lá mais o quê.*

Retorno à encruzilhada que leva ao corredor central. Antes que possa cruzá-la e retornar ao caminho da biblioteca, ouço vozes se aproximando.

— ... *Tem certeza disso?*

É uma mulher, e não parece estar sozinha. Quatro pés caminham pelo túnel que leva da biblioteca em direção à encruzilhada.

— Merda...

Não tenho opção além de apagar minha tocha o mais rápido possível e caminhar para trás até uma bolsa de escuridão no interior do corredor que leva à parede com quadros. Lá, me agacho para diminuir as chances de ser avistado. Mas, se essas pessoas entrarem bem neste corredor, *vou estar fodido.*

Suas vozes ficam mais claras à medida que se aproximam da encruzilhada.

— Acho que devíamos acabar logo com isso de uma vez por todas — murmura a mulher outra vez. Agora, consigo discernir de quem se trata. Meu coração afunda no peito, em completo desespero.

— Você sempre foi impaciente, Cinthya. – Ecoa uma voz masculina, e também a reconheço; é a voz que assombra meus pesadelos. — Além do mais, eu tenho planos pro garoto.

A mulher deixa escapar uma risadinha. Os passos estão tão próximos que sinto suas vibrações no chão. Estou quase vomitando minhas tripas.

— E que tal me contar tudo sobre esses planos enquanto tomamos uma boa xícara de café no jardim?

A mulher e o homem finalmente chegam na encruzilhada e entram em meu campo de visão. Me encolho ainda mais no chão, rezando para que não me notem.

Eles encaram os três caminhos. Por um segundo, tenho certeza de que estão olhando diretamente para mim.

— Você sabe que eu nunca recusaria uma xícara de café com você.

Colter e a enfermeira que me ajudou algumas noites atrás entram no corredor ao lado.

Eles continuam falando e rindo por algum tempo, mas suas vozes se tornam abafadas e distantes demais para que eu consiga entender. Espero até parar de ouvi-las completamente para então ousar me levantar do chão.

Esqueço a tocha. Corro em direção à saída do corredor dos quadros. Quando alcanço a encruzilhada, sou imediatamente parado por alguém que me segura pelos ombros e me prende na parede.

É o zelador.

ANÚBIS

— O que está fazendo aqui, sr. Rodriguez? — rosna o homem de meia-idade, entre dentes, e me aperta com mais força. — Outra vez em território proibido a alunos?

Meu coração dispara. Afasto sua mão para longe e me esquivo da parede, deixando de ficar encurralado. Me volto para trás rapidamente, garantindo que Colter e a enfermeira estão mesmo fora de vista.

Me viro para Daniel outra vez.

— Você fala como se eu tivesse deliberadamente ido até a piscina pra ser assassinado — rebato, numa voz sussurrada e rouca. Embora a ameaça na forma do sr. Green tenha passado, a atmosfera macabra do túnel me mantém alerta.

O homem cruza os braços e semicerra os olhos em minha direção, desconfiança maculando as rugas de sua testa.

— E agora, o que aconteceu? Um aluno te arrastou até aqui? — Seu tom é tão prepotente, tão acusatório, que me esqueço do medo por um segundo.

— Ninguém me arrastou até aqui, vim por conta própria.

— Como achou esta passagem?

— Ela não tá exatamente escondida. — Aponto na direção da biblioteca muito, muito ao longe. — Os dois ambientes estão conectados. Se vocês não quisessem mesmo que eu chegasse até aqui, teriam colocado a droga de um aviso.

— Quem é *vocês*?

Hesito.

— Você, os professores, o diretor. Todos os funcionários da Masters.

Ele bufa.

— Acha que *eu* tenho o mesmo poder de decisão que os professores ou o diretor?

— E não tem? — Faço um péssimo trabalho em disfarçar minha confusão.

— Sou só um trabalhador descartável. Sigo ordens de cima. E uma delas é impedir que alunos cheguem ao subsolo.

Dou uma olhada ao redor.

— *Subsolo?* Estamos embaixo do castelo, então?

— Não é óbvio? — retruca o velho, irritadiço.

— E por que a biblioteca, entre todos os locais, dá acesso ao subsolo do castelo?

Ele revira os olhos.

— E quem vai saber o que se passava na cabeça das pessoas que construíram esse lugar?

— Bem, se o seu trabalho é manter alunos longe daqui, você é terrível nisso.

— Não pedi a sua opinião sobre o meu trabalho. Agora, o importante é que não deveria estar aqui, sr. Rodriguez.

— Por quê?

— Como assim, por quê?

— Por que eu não devia estar aqui? — Dou um passo em sua direção, fitando-o profundamente. — O que existe nestes corredores escuros pra fazer com que o diretor, ou seja lá quem for, implemente uma regra como essa?

O zelador descruza os braços e cerra os punhos.

— *Nada* — diz numa voz ríspida, quase gutural.

E isso faz o medo retornar. *Ainda não estou fora de perigo,* não posso me esquecer disso. Nenhum adulto aqui é confiável — com a exceção de Benjamin.

Mordo o lábio, desvio o olhar para o chão e me finjo de complacente.

— Eu só tava tentando encontrar meu irmão. Meu irmão, sabe? Aquele que ainda está desaparecido na escola em que *você* trabalha. O que acha que vai acontecer quando a polícia souber disso e souber que você foi negligente quanto ao desaparecimento dele? — Enquanto falo, caminho para o lado, trilhando um círculo em volta do zelador, até estar de costas para o caminho que leva à biblioteca e ele estar de costas para a encruzilhada. Há mais segurança nessa posição. Se Colter retornar, não poderá me surpreender.

— E o que espera que eu faça? — pergunta o homem de cabelos grisalhos, um lado de seu rosto iluminado pela tocha mais próxima, o outro completamente envolto em escuridão, *exatamente como o rosto do demônio da floresta.*

— Espero que me ajude a descobrir o que aconteceu com ele.

— Vou ajudá-lo agora, te deixando sair dessa sem punição. Mas só dessa vez, e apenas se prometer não fazer isso de novo. — Ele aponta um indicador em minha direção, o semblante um tanto ofensivo. — Estou falando sério, sr. Rodriguez.

Expiro fundo. Argumentar com esse homem foi uma perda de tempo colossal.

— Obrigado por nada.

Dou meia-volta e caminho até a biblioteca, deixando o zelador para trás, nas entranhas do subsolo deste lugar amaldiçoado. Não olho para trás durante todo o caminho, mas não consigo me desfazer da sensação incômoda de ter seu olhar preso à minha nuca.

Antes de deixar a biblioteca, no entanto, paro e reflito. Encontrar este túnel talvez tenha sido a melhor coisa que me aconteceu até agora. Me dirijo até a seção de mapas cartográficos e apanho um mapa de bolso, detalhado, da ilha. Todas aquelas competições de cartografia na escola finalmente servirão para algo.

Aperto o mapa em minhas mãos. *Agora sei o que fazer.*

HORTULANA

— Eu sinto muito, Andy. De verdade.

Mesmo dias depois do ocorrido, Elijah insistia em se desculpar.

— Já disse, Elijah, não precisa disso — digo enquanto levo uma colher de iogurte à boca, mordendo os pequenos pedaços de frutas cítricas em meio ao líquido doce e viscoso.

Minha bandeja está limpa. O frango com batatas foi embora em poucos minutos, assim como a salada. Talvez a descoberta do subsolo do castelo tenha acordado meu corpo para o fato de que preciso de energia para realizar a investigação.

Acabo de narrar o encontro bizarro com o zelador e a quase colisão com Colter, o que despertou o remorso de Elijah outra vez. Ele encara meu ombro fixamente, e sei que está imaginando o curativo sob o terno e a camisa.

— Sério, devíamos ter estado lá, com você.

— Não tinha como vocês saberem disso — respondo, terminando a sobremesa —, foi decisão minha manter os dois fora do meu plano de invadir a sala do sr. Torres caso alguma coisa desse errado e, veja só... — Aperto os lábios e indico meu ferimento com os olhos.

Roberto também já terminou seu prato e se senta um tanto jogado na cadeira. A bandeja de Elijah continua vazia, mas não por já ter engolido tudo, e sim por não ter pegado comida outra vez. Sua fobia de comer em público é tão grande assim? Não me lembro de tê-lo visto comer nem sequer uma fruta em todos esses dias.

— Mas sabe que podia ter pedido a nossa ajuda depois do que aconteceu, não sabe? — insiste Elijah, a expressão penosa.

— Claro que sei — reafirmo, com um sorriso. — Mas é melhor assim; ao menos vocês dois foram poupados de toda aquela merda.

— Não faça mais isso. — Roberto se ajeita na cadeira.

— O quê?

— Sempre que tiver um plano infalível — ele aperta minha coxa —, nos diga. — E então envolve meus ombros. — Vamos te ajudar sem pensar duas vezes.

Elijah assente em silêncio.

— Eu sei que vão. — Retribuo o abraço de Roberto.

Quando nos afastamos, meu olhar repousa espontaneamente sobre o único outro loiro neste refeitório que é capaz de chamar minha atenção.

Liam está sentado à mesa de sempre, rodeado de seus amigos, comendo, conversando e rindo. Está sentado de frente para mim, e nossos olhares se cruzam, como se ele sentisse minha atenção.

Não tivemos uma oportunidade de conversar em particular desde a piscina - *desde o beijo* -, mas sei que é apenas uma questão de tempo.

— Então, acho que isso deixou vocês dois mais próximos, né? — A voz de Elijah quebra minha concentração, mas não retiro os olhos do garoto que me salvou daquela piscina.

— Pode-se dizer que sim.

E então continuo mirando-o, até um murro ser disparado em minha bandeja, logo à minha frente, deformando o metal e bagunçando as louças que repousam sobre ela.

— Ei, *ruivinho*, você tem algumas explicações pra dar.

Reconheço a voz – *e o punho* – antes mesmo de erguer os olhos até os dele. O ódio faz minha mandíbula trincar, faz meu sangue borbulhar e cozinhar minhas vísceras.

Nos encaramos por vários segundos, talvez minutos, sem dizer uma palavra sequer. Meus instintos mais primais me mandam pegar o garfo da minha bandeja, enfiá-lo em seu punho, então pular em sua garganta e rasgar a jugular com meus próprios dentes para fazê-lo pagar por toda a merda que fez a mim e a Liam.

Nunca fui particularmente violento, mas esse desgraçado desperta toda a fúria que esteve encubada em mim por mais de uma década.

Roberto praticamente pula e fica em pé, pronto para atacar o tatuado.

— Vai embora daqui seu...

— Tá tudo bem. — Me levanto e fico entre meu amigo e o desgraçado. Dirijo a Roberto um olhar breve de serenidade. E, quando me volto àquele que me prendeu na piscina e quase foi o responsável pela minha morte, tenho tudo, menos serenidade: — O que você quer, Lucas?

Ele grunhe e recolhe seu punho da bandeja.

— Quero saber por que, quando voltei pra piscina — ele se aproxima e encosta um dedo em meu peito —, essa sua carinha bonita não tava exatamente onde a deixei? — Há o rascunho de um sorriso em seus lábios.

Mastigo o interior dos meus lábios. Desvio o olhar para qualquer parte do refeitório que não seja sua cara feia.

— Você só pode estar de brincadeira — resmungo.

— Parece que tô brincando?

— Todo mundo nesta merda de escola já tá me infernizando por causa dessa história, não tem como você não saber o que aconteceu lá.

— A história do *serial killer*? Quer mesmo que eu compre isso?

— Não ligo pro que você compra ou não, mas esta é a porra da verdade: depois que você me prendeu na piscina — afasto seu dedo de mim —, alguém entrou no salão e tentou me matar com um facão, seu filho da puta. — Encaro-o novamente. Sei que palavras não serão suficientes para convencê-lo, então retiro meu terno e o deixo sobre o encosto da cadeira. Em seguida, abro os botões mais altos da minha camisa social branca, o suficiente para puxá-la para o lado e expor meu ombro. — Como pode ver com os próprios olhos.

Lucas analisa meu curativo por longos segundos, imerso nos próprios pensamentos. Considero a possibilidade de estar se preocupando ou percebendo a gravidade do que fez, mas essas possibilidades são pulverizadas quando diz:

— O quê? Uma faixa no ombro e acha que já tá livre de mim? Você devia ter ficado na piscina até que eu dissesse que...

— Alguém tentou me matar — interrompo. — Alguém pulou sobre a lona, fez picadinho daquela coisa e tentou decepar meu braço. — Aboto minha camisa e visto o terno outra vez. Penso um pouco sobre a noite da piscina. — Até onde sei, pode muito bem ter sido você, e agora tá se fazendo de confuso pra não ser acusado.

Lucas se aproxima mais, e sussurra:

— Cê tá me ameaçando? — Estreito os olhos. Minha fúria cresce dentro do peito. — Se eu fosse te matar, teria ideias muito mais criativas. — E o rascunho de sorriso se transforma num sorriso de verdade.

Minha respiração pesa, meus punhos coçam. Eu iria adorar tirar sangue desse desgraçado com os nós de meus dedos. E sinto que estou prestes a fazer exatamente isso, quando uma terceira pessoa se coloca entre nós dois.

— Se afasta, Lucas.

Ele faz como ordenado; mais por surpresa do que condescendência. E então fita o rosto do indivíduo que nos separou, enquanto observo suas costas.

— Olha, se não é o filhinho do diretor — diz Lucas, num tom de desprezo. — Isso não é da sua conta. Cai fora.

Liam não me dirige um olhar sequer sobre os ombros, está completamente focado na ameaça à sua frente.

— Eu tirei o Andrew da piscina e vi, com meus próprios olhos, a pessoa encapuzada que tava tentando matar ele. — Seu tom é mais sóbrio e rígido do que de costume. Algo em sua postura defensiva me acalma, espantando aquele ímpeto de partir para cima de Lucas e arrancar seus dentes, e devolve minha racionalidade. — Então, sim, é da minha conta. E, caso não tenha esquecido, você ainda está em dívida comigo e ainda vou retribuir aquele murro bem no seu focinho.

Se antes estive perto de socar Lucas, minhas entranhas gelam frente à possibilidade de Liam fazer aquilo primeiro. Se entrarem em confronto físico agora, não tenho dúvidas de que Lucas sairá tão fodido que nem a enfermeira será capaz de consertá-lo. O único elemento que Lucas tinha a favor dele na noite anterior era a surpresa, e agora não a tem mais. Mesmo assim, ele se vangloria:

— Ah é, quase esqueci como foi fácil te derrubar ontem. Pra alguém do seu tamanho, você é certamente um fracote. *Talvez ele queira mesmo ter a boca partida em alguns pedacinhos. Pode ser um masoquista.*

— Repita isso... — Liam inclina-se em direção a Lucas — ... e perca todos os dentes que tem na boca.

Merda.

Empurro Liam para o lado e entro no meio dos dois, exatamente como Liam interrompeu meu confronto com Lucas há pouco. Nesse momento, dou graças a Deus pelo refeitório ficar sem supervisão durante as refeições. Ser o centro das atenções é uma merda, mas se Colter presenciasse isso, Liam e eu estaríamos ferrados — *por causa de Lucas, de novo.*

— Será que os dois podem parar de ser tão infantis? — Abro os braços, garantindo que, ao menos, um metro esteja separando os dois garotos. Meus olhos pairam primeiro sobre Liam, e vejo seu rosto num misto de preocupação e fúria.

Em seguida, miro as íris arrogantes e pretensiosas do moreno. — Dá o fora de perto da gente, cara, na moral. Vá encher a porra do saco de alguém que não tem outras coisas com que se preocupar — ralho.

E, finalmente, isso parece ser o suficiente para afastar Lucas.

Ele contrai os lábios até perderem a cor e dá alguns passos para trás. Soca a própria mão, a jugular saltando a cada batimento cardíaco acelerado.

— Dois viadinhos como vocês se merecem.

Em seguida ele se vira e caminha em direção à porta do refeitório. Todos os olhares ao redor o acompanham. Centenas de garotos curiosos, provavelmente se perguntando que diabos Lucas tem contra mim. *Pra ser sincero, me pergunto o mesmo.*

Só relaxo de vez quando o garoto deixa o local. Esfrego minha testa, fecho os olhos e expiro fundo.

— Não se preocupa com ele — soa a voz de Liam, mais calma e resoluta, ao meu lado. — Não vou deixar que se aproxime de você de novo.

— Não estou preocupado com ele, nem preciso que me defenda, Liam. Lidei com valentões iguais a ele durante a vida inteira. — Dou um último olhar assertivo para ele, e então me sento na cadeira e me inclino em direção aos meus amigos. — Vocês dois disseram que me ajudariam em qualquer coisa, não é?

— Sempre.

— Ótimo. — Vasculho um dos bolsos do meu terno até sentir o pedaço de papel amassado que tenho carregado comigo para todos os lugares. Retiro-o, abro e o exponho a Roberto e Elijah. — Eu achei isso dentro de um dos livros de botânica que peguei da biblioteca. — Elijah apanha o papel de minhas mãos e o analisa junto ao colega de quarto. — E tenho um plano que talvez me leve a alguma pista do Calvin — digo enquanto analisam —, mas vou precisar da ajuda de vocês. — Sorrateiro, Liam se senta na cadeira ao meu lado. Me viro para ele e murmuro, baixinho: — Você não precisa se envolver nisso.

— Mas eu quero — replica, um tanto solícito.

Penso em negar e afastá-lo para sua própria segurança, considero utilizar hostilidade e palavras cruéis, das quais sei que dificilmente me perdoará, mas seus olhos grandes e seu semblante penoso me impedem de fazê-lo. *Não consigo agir com agressividade com ele.* Então, apenas inspiro fundo e aceno.

Os três garotos na mesa, então, prestam atenção em mim.

— Preciso entrar na floresta e escapar da aula do Colter. Quem entre vocês — me refiro aos dois outros calouros — é um ator muito, muito bom?

***

Elijah é o melhor ator entre os dois, então ele fica responsável pela distração. Como Liam é segundanista, terá que bolar o próprio plano. Caso o filho do diretor não consiga me encontrar no meu quarto às dezessete horas e vinte minutos, terei que me aventurar na floresta sozinho – *e possivelmente também encontrar o demônio de sombras sozinho.*

As aulas de Colter sempre são as últimas do dia; a luminosidade parca e o cansaço de todos talvez nos deem alguma vantagem durante a fuga.

São dezessete horas e onze minutos. Estamos todos na sala de aula. O sr. Green está no quadro, descrevendo o sistema reprodutor de angiospermas, de costas para o resto da classe.

Há duas portas nas salas onde as aulas são ministradas. Uma mais próxima ao quadro, geralmente utilizada pelos professores; e outra nos fundos, por onde os alunos entram e saem.

Elijah e Roberto se sentaram hoje, excepcionalmente, nas duas primeiras cadeiras da fileira central, enquanto estou na última da fileira mais próxima à porta.

Brinco com minha caneta sobre o caderno aberto. Há anotações, mas são esparsas e pouco trabalhadas. A última coisa com a qual estou preocupado no momento em como árvores se reproduzem, apesar de eu precisar manter as aparências para Colter – que me fita de forma demorada a cada cinco minutos.

Mordo meu lábio, ansioso. Os ponteiros parecem se mover cada vez mais devagar em meu relógio. O dos segundos, em especial, parece estar em câmera lenta.

Mas depois de uma demora infernal, ele faz uma volta completa. São dezessete horas e doze minutos.

No exato horário em que combinamos, Elijah cai de sua cadeira e bate a cabeça no chão. Inicia uma série de espasmos no corpo inteiro, mais intensos nos braços e pernas.

Roberto se levanta rapidamente, chama por ele e se agacha próximo de onde o amigo caiu. Logo, a comoção está instaurada.

Os alunos mais próximos do teatrinho gritam "Ah, meu Deus", "Elijah?", "Sr. Green!", "Alguém faça algo" e praticamente pulam de suas cadeiras. Todos os garotos se levantam, curiosos e assustados com o que está acontecendo na frente da sala de aula.

Colter parece ter uma resposta demorada à possível emergência de um de seus alunos – *talvez porque se importa tão pouco conosco* – e só se aproxima de Elijah quando o círculo ao seu redor já está formado.

Há garotos demais na minha frente para que eu veja exatamente o que está ocorrendo, mas ouço um "ele está tendo uma convulsão" na voz grossa do professor de botânica, então sei que a atuação de Elijah está dando certo.

Jogo meus materiais na mochila e, sem chamar a atenção de ninguém, dou o fora da sala. No corredor, ainda escuto um grito dramático de Roberto pedindo por ajuda.

Corro pelos corredores em direção ao meu quarto, atento à presença de qualquer um que possa me questionar quanto ao motivo de não estar em sala. Vejo um ou outro funcionário, mas nada que acenda uma sirene em minha cabeça.

Avanço rápido nos dormitórios e, quando cruzo o último corredor em direção ao meu quarto, Liam está me esperando na porta.

Deixo um pequeno suspiro de alívio escapar, sem que ele perceba.

— Como conseguiu sair da aula? — sussurro enquanto me aproximo.

Ele abre um sorriso safado no rosto e se afasta da entrada do quarto, me dando acesso à maçaneta.

— Falei pro sr. King que tava com uma diarreia das feias e que não ia conseguir ficar sentado por uma hora sem tornar o lugar insalubre pra todo mundo.

Isso me tira um risinho.

— Esperto.

Abro o quarto e atiro a mochila na cama. Abro o guarda-roupa e apanho as duas lanternas que trouxe em minha mala. Atiro uma para Liam. Ele quase a deixa cair no chão.

— Você trouxe isso de casa?

— Sim.

— Por quê?

Hesito em responder. Fecho o guarda-roupa e escondo a lanterna num dos bolsos da calça. Não fica perfeitamente camuflada, mas terá que servir.

— O Calvin tem medo do escuro — digo, ríspido e baixo, escondendo a parte de que tenho esse mesmo medo. — Quando saímos juntos, carrego duas lanternas, uma pra cada um, porque ele nunca se lembra de trazer a dele.

Liam acena em silêncio e, então, brinca com o interruptor do objeto que lhe atirei.

— Vamos.

Puxo o garoto de quase dois metros para fora do quarto e fecho a porta.

— Vai me dizer agora qual o seu plano pra sair sem sermos barrados pelo pessoal da recepção?

— Não vamos sair pela porta da frente, Liam. — Me apresso, guiando o caminho. — Vamos pelo subsolo.

* * *

A biblioteca está vazia e o bibliotecário está sendo um completo inútil, como sempre, e graças a isso conseguimos chegar ao túnel escuro sem intercorrências após alguns minutos de caminhada.

— Isso é muito bizarro — comenta Liam assim que estamos nas entranhas do subsolo.

— Você nunca encontrou este lugar? Era só continuar o caminho que cê já fazia até o final.

— Nunca passei da seção de literatura gótica.

— E nunca viu nada estranho?

— Estranho como?

— Deixa pra lá.

Continuamos andando até a encruzilhada. Com as lanternas, iluminamos os três corredores.

— O que fazemos agora? — pergunta o filho do diretor.

— Na última vez, entrei neste — aponto para aquele mais à esquerda — e não encontrei a saída. Enquanto estava voltando, vi o Colter e a enfermeira entrarem aqui — aponto o do meio, à minha frente —, e não parecia que eles pretendiam deixar o castelo.

— Então?

— Então só sobra o da direita. — Ilumino o corredor em questão, dando alguns passos em sua direção.

— Tem certeza disso?

— Sim.

— Como? Como você ao menos sabe que um desses caminhos leva pra fora do colégio?

Um demônio saiu da floresta, entrou no castelo e me perseguiu duas vezes, penso em dizer, mas isso apenas o assustaria e reduziria a probabilidade de ainda insistir na busca por Calvin. Então apenas murmuro:

— Confia em mim. — E logo me apresso para dentro do corredor inexplorado.

— Droga... — resmunga Liam, mas me segue.

Caminhamos por cinco minutos. E então vemos um ponto de luz natural no horizonte, que se torna um círculo e se expande quanto mais nos aproximamos. Do outro lado, posso ver tons de verde. Minha respiração acelera. *Eu sabia.*

O filho do diretor também parece ficar mais enérgico diante da saída do castelo e apressa o passo.

Saímos juntos do túnel, sendo recebidos pela luz fraca e o calor gélido do sol quase poente. Ainda temos quarenta, talvez cinquenta minutos, se tivermos sorte, de luz do dia. *Provavelmente teremos que trilhar o caminho de volta apenas com as lanternas.*

Encaro o castelo atrás de mim; gigantesco e majestoso. Do helicóptero que nos trouxe até aqui, não consegui mensurar a grandiosidade de sua estrutura. É uma bela construção, pena que tem humanos tão podres a regendo.

Então, me viro à floresta novamente. As árvores afastadas entre si não dificultarão nossa caminhada até a praia. E, a menos que algo muito terrível aconteça, estou certo de que não nos perderemos.

Retiro o mapa do bolso, estudo-o por alguns segundos e tento abstrair a ideia de que estou rumando em direção à criatura que tentou me matar mais de uma vez.

— Fica perto de mim — digo a Liam, tão maravilhado quanto eu, e dou início à jornada rumo à floresta, deixando que a vegetação me engula.

Imediatamente, percebo algo peculiar. Não há som algum além de nossos passos e respirações. *Literalmente, nada.* Nem pássaros, nem animais terrestres, nem mesmo copas de árvores sendo balançadas pelo vento. É como entrar num vácuo. Meus sentidos ficam alertas. Assisti a filmes de terror o suficiente para saber que, quando isso acontece, é porque todos os animais que estiveram aqui escolheram fugir. *E a única coisa capaz de fazer todos os animais de uma área fugirem é uma ameaça muito, muito letal.*

É tarde demais para voltar, de qualquer jeito. Então sigo em frente, atento a todos os meus arredores.

Liam me segue, desviando de galhos mais altos à medida que entramos mais e mais fundo na mata. Após alguns minutos, alcançamos um riacho parcialmente encoberto por copas de árvores costeiras, e o som das correntezas por fim quebra a monotonia da floresta até então.

Nas margens do corpo de água, há uma infinidade de rochas. Me agacho próximo a uma das maiores que consigo avistar, tão próximo da água que meus pés afundam no cascalho. Liam se aproxima, mas fica em pé.

— Se seguirmos o riacho — me levanto e aponto o corpo de água desenhado no mapa para ele —, em cerca de meia hora alcançaremos a praia.

O loiro fita o mapa com olhos semicerrados e coça a cabeça.

— Como sabe disso?

Solto uma lufada de ar pela boca.

— Fui campeão do torneio de cartografia da minha escola. — Dou de ombros e guardo o mapa no bolso outra vez.

— Você é tão nerd.

— Espera só até ver o que sei sobre...

Liam encobre minha boca com as mãos e, com um semblante assombrado, me empurra em direção à rocha, grudando o peito no meu. Em coisa de segundos, estou imobilizado e calado.

Apenas com os olhos, tento perguntar a ele o que está acontecendo.

Liam me entende e, lentamente, afasta a mão da minha boca enquanto, com a outra, faz um sinal para que eu continue em silêncio. Com os olhos arregalados, aponta a porção do rio atrás da rocha.

Engulo em seco.

Merda.

Me arrasto para o lado apenas o bastante para expor parte do meu rosto e enxergar seja lá o que foi que assustou tanto Liam, embora, no fundo, eu já saiba do que se trata.

Então, fico menos surpreso do que o esperado quando vejo o demônio de sombras atravessando o riacho em direção à outra porção da floresta, flutuando sobre as águas como algum tipo de entidade infernal.

SEM MISERICÓRDIA

O sol está se pondo quando alcançamos a costa. A visibilidade está intensamente reduzida; os tons alaranjados e escurecidos do céu não são suficientes para cruzar a copa das árvores e nos dar uma boa visão do trajeto sinuoso à nossa frente, então nossas lanternas estão ligadas.

Depois de encontrar o demônio no lago, nos apressamos pela encosta do riacho, praticamente correndo para chegar ao fim dessa jornada o mais rápido possível. Não quero continuar na floresta por mais tempo do que o necessário, e sei que Liam sente o mesmo, embora tenha ficado calado desde que vira a criatura de sombras flutuando. *Flutuando.*

As pessoas do colégio já não acreditaram que alguém tentou me matar na piscina, o que achariam se contássemos sobre um monstro feito de escuridão voando sobre o riacho? Pensar nisso é tão absurdo que não consigo evitar rir. *Como minha vida deu tão errado?*

O som das ondas quebrando na praia se torna mais intenso a cada centímetro que avançamos. Tomando a dianteira, sou o primeiro a ter o vislumbre amarelo da areia entre as árvores. Corro em sua direção o mais rápido que consigo.

— *Andrew, Andrew!* — grita Liam atrás de mim, e também

começa a correr. Sua voz parece mais assustada do que preocupada. — *Espera, droga!*

Cruzo as últimas árvores e, então, entro no largo espaço vazio da praia. Ao redor, há uma delimitação clara entre floresta, praia e mar. A areia suja meus sapatos, o horizonte parece um quadro expressionista, quase inacreditável. O oceano está agitado: as ondas azul-escuras detêm certa agressividade, se erguendo altas até a costa, onde quebram com violência e se desmancham numa espuma branca.

Esse é o mais perto da liberdade que chegarei até conseguir falar com alguém de fora.

Liam se aproxima, ofegante, e toca meu ombro. Também analisa a paisagem serena e límpida, maculada apenas por algumas coisas presas na areia úmida mais próxima ao oceano. Parecem vários objetos aleatórios, todos difíceis de identificar de onde estou.

Todos, menos um.

O mundo gira ao meu redor. Fico nauseado, mas corro até os objetos, me afastando do toque de Liam, me sentindo anestesiado a cada passo.

Me ajoelho na areia, em meio aos entulhos, ao lado de uma das malas de Calvin, aberta, rasgada, suja e molhada. Trêmulo, passo a mão sobre a superfície, meu coração se partindo em pedaços tão pequenos quanto os grãos de areia que me cercam.

— São as coisas dele... — explico, baixinho, para Liam quando sinto sua aproximação —, as coisas que desapareceram do quarto.

Além da mala aberta, reconheço suas roupas e seus sapatos. Um pouco enterrada na areia, vejo a lanterna que, quando lembra, ele carrega em nossas viagens - esquecida na bagagem. Apanho-a, tentando segurar as lágrimas, e mexo no interruptor. *Não funciona mais.*

— Tem certeza? — questiona Liam.

— Sim... Eu... — Inspiro fundo. Também na areia está a polaroide que ele sempre guarda na carteira. Pego-a. Em meus dedos, percebo que está manchada de sangue. Liam se inclina sobre meu ombro para observar os dois garotos sorridentes na imagem. — Tiramos essa foto no aniversário de doze anos dele. Foi a última vez que comemoramos com uma festa. Desde então, ele prefere passar os aniversários sozinho. Ele retira a foto das minhas mãos para olhá-la mais de perto.

— O que significa isso, Andrew? Todas essas coisas?

A brisa fria e sem misericórdia do mar do crepúsculo açoita meus lábios, meus olhos, meus cabelos. Parece tentar me agredir. Passo a língua sobre a pele rachada em minha boca e me sento na areia. Abraço meus joelhos, fitando o horizonte cruel.

— Significa que estou certo. Significa que eu e meu irmão entramos de cabeça num abatedouro. E eu não estava lá pra protegê-lo.

— Não pense assim.

— É a verdade. Eu não pude protegê-lo... quando ele mais precisava. Eu tentei tanto, tanto... e acabei falhando. — Todas as vezes que fomos castigados pelo nosso pai me vêm à mente num só golpe. Todas as vezes em que fui desatento ou negligente com ele. Todas as vezes em que fui rude e estúpido. As lágrimas descem como uma correnteza. — Ah, eu sinto muito... — Encubro o rosto. — Sinto muito, Calvin. Se estiver me ouvindo, saiba que sinto muito.

— Ele não tá morto. Nós vamos achá-lo. — Liam envolve meus ombros e me aperta. Sua voz é tão segura, gostaria de poder acreditar nela.

— Não sou idiota, Liam. — Me desvencilho dele e me levanto. Olho para o que restou do meu irmão ao redor, atirado na areia como lixo. — Depois disso, acha mesmo que há qualquer chance do Calvin estar vivo?

Ele não responde à pergunta. Em vez disso, abaixa os olhos para a polaroide outra vez. *Não.* Seu corpo diz. *Não há.* Me volto ao mar novamente.

— Eu preciso falar com o meu pai — digo, estremecido pelas lágrimas. — É minha última esperança. E eu não acho que o Benjamin vá mesmo ligar pra alguém. — É mais uma divagação para mim mesmo do que para Liam, já que sei que seu pai não vai poder nos ajudar agora.

Estou devastado, irado e frustrado. Meu pai devia mesmo ter nos matado e atirado no oceano; pois assim toda essa desgraça seria poupada.

— Ainda há uma chance. — A voz de Liam, acuada e hesitante, soa sobre o barulho das ondas se quebrando próximo a nós.

Ele ergue a nuca para me encarar.

— O que você quer dizer? — pergunto.

— Eles tomam nossos celulares quando entramos na ilha — faz uma longa pausa, durante a qual seus olhos vagueiam pelo céu, areia, floresta e mar —, mas há uma pessoa que consegue burlar os seguranças *todos os anos.*

Uma faísca de esperança desperta dentro de mim.

— Quem?

E então é pulverizada quando ele responde:

— O Lucas.

ANTI-HERÓI

Alguns dias depois

O Lucas tem um celular.

O pensamento tem me perseguido desde que retornamos da floresta. E toda vez que me açoita, dou risada sozinho. Como minha sorte pode ser tão cagada? A única pessoa que pode me ajudar a entrar em contato com meu pai é a mesma que quase me matou. *Que inferno.*

Mesmo que minha reação inicial à declaração de Liam tenha sido um suspiro de derrota, meus pensamentos intrusivos não me deixaram desistir facilmente. *E se. E se eu conseguir colocar as mãos nesse celular? E se eu acabar desaparecendo como o Calvin, caso não faça nada?* Já passei por tantas situações complexas neste colégio, certamente não vou jogar a toalha nessa.

Então tenho seguido o tatuado desgraçado sempre que posso, logo depois de acordar, no intervalo entre as aulas, depois das refeições, antes de dormir. Sei em detalhes o caminho que faz todas as manhãs do quarto ao refeitório, então às salas de aula, então ao banheiro – sempre no mesmo horário –, almoço, quarto, salas, banheiro, janta e quarto num looping infinito e diário. Ele não frequenta a biblioteca ou qualquer outro local do colégio no qual sua presença não seja obrigatória. É quase como se tivesse medo de algo. Mas, quando constato isso, volto a me questionar como sabia que eu estava com Liam exatamente no telhado da Torre Sul.

Ele também não interage muito com outros alunos em seu tempo vago. Parece uma marionete. E isso também significa que não o vi entrando em brigas. *Qual é a real desse cara?*

É o terceiro dia que acompanho todos os passos dele de perto, ponderando e calculando como posso colocar as mãos no aparelho que contrabandeou. O sol já se pôs e o jantar está prestes a ser encerrado. Os corredores estão escuros e frios; as lâmpadas, zumbindo nas paredes, iluminando de modo bem porco um local que, mesmo com toda a luz do mundo, seria macabro de qualquer forma.

Lucas atravessa uma encruzilhada de quatro corredores e inicia o trajeto em direção aos dormitórios dos segundanistas – um andar abaixo daquele dos calouros –, sem parar ou olhar para trás uma única vez. Para alguém tão odiado, ele com certeza anda por aí com muita tranquilidade. Seria muito fácil surpreendê-lo e pular sobre seu pescoço com uma faca bem agora, e então o maior valentão da Masters seria apenas uma história passada por diferentes gerações de alunos. Será que os professores e o diretor tentariam preservar a imagem do colégio e encobririam esse crime da mesma forma que estão encobrindo o desaparecimento do meu irmão? Se eu fosse um assassino, tentaria minha sorte.

Sendo justo, estou sendo bem cuidadoso ao segui-lo. Me escondo nas paredes e espero até que cruze o próximo corredor para então me expor, acompanhando os sons de seus passos para saber que direção está tomando. Tento me encolher nas regiões mais escuras; escolhi usar meus *Crocs* nos últimos dias para garantir que meus passos não façam qualquer barulho nos corredores escorregadios.

Neste momento, não estou mais considerando pedir o celular de Lucas emprestado, e sim *roubá-lo*. Só preciso que saia do quarto em algum momento e vá para algum lugar distante. *Mas ele não sai.*

Reteso a mandíbula e, por fim, o sigo no corredor em direção aos dormitórios. *Talvez hoje seja meu dia de sorte.* Os passos de Lucas estão distantes, mas audíveis, até que param por completo. Me aproximo da parede e exponho meus olhos, apenas o suficiente para checar se parou de andar no meio do corredor seguinte, mas não encontro nem sinal dele. *Droga.* Será que se apressou e acabei perdendo-o? Não importa. Sei o caminho até o quarto dele como a palma de minha mão.

Acelero os passos pelo corredor preenchido por armários em ambas as laterais. Há lâmpadas no início e no fim, mas o meio do caminho está imerso num bolsão de escuridão e penumbra. Quando passo por ele, algo agachado no vão entre duas fileiras de armários pula sobre mim e me empurra com força para o outro lado. Arregalo os olhos e suprimo meu instinto de gritar ao ver duas íris escuras me fitando.

— A curiosidade matou o gato.

O estrondo das minhas costas encontrando a parede de armários é alto e irritante. Bato a parte de trás da cabeça numa das portas de metal, e a intensidade com que Lucas se projeta sobre mim, me prendendo no lugar, não ajuda muito.

Dessa vez, no entanto, nem sequer tento me debater para escapar. É como ser pego no flagra fazendo algo ilegal, mesmo que *stalkear* Lucas não seja algo que pese na minha consciência. Se tiver que pagar por isso, então pagarei. O que me irrita, de fato, não é ter sido pego, e sim não entender em que momento cometi um erro que levasse a isso. *Droga. Realmente achei que tivesse habilidade para isso.*

Frustrado com a mão de Lucas em meu abdome, e incomodado com seu antebraço em meu peito, o que rebato diante de seu semblante acusatório é:

— Tá dizendo que eu sou um gato? Isso não é muito hétero da sua parte.

Uma veia saltada se desenha em sua testa.

— Se você não quiser morrer — diz ele, me esmagando um pouco mais —, é melhor cuspir o motivo de estar me seguindo o dia todo.

— Seguindo você? Conta outra — debocho. Cansado de ser encurralado, tento empurrá-lo para longe, mas Lucas parece uma rocha. — Me larga. — Ele não me obedece. Na verdade, passa alguns bons segundos apenas analisando minha face, em silêncio. — O que cê tá fazendo?

— Tentando decidir se você merece outro soco ou a cara enfiada num vaso.

— Só me deixa ir embora.

— Não até me dizer por que tava me seguindo.

— Mas eu não tava te seguindo.

Ele ri copiosamente. Revira os olhos, e então aproxima mais o rosto do meu:

— Não sou um dos calouros idiotas com quem você sai, *ruivinho*. — Ranjo os dentes sempre que ouço essa palavra em sua voz ríspida e grossa. — Tenho miolos, e te vi zanzando por aí pra onde quer que eu fosse; corredores, salas; até os banheiros. — *Merda*. Tento camuflar minha surpresa. Com certeza subestimei esse desgraçado. — Não fica assustadinho, você até que se esconde bem. Eu só sou esperto pra caramba. — E imediatamente me arrependo do pensamento.

Lucas acaba se afastando, me dando algum espaço para respirar sem seu cheiro amadeirado forte impregnando minhas narinas. Penso bastante no que acabou de dizer, e só então me dou conta de um detalhe que, na petulância de acreditar que estava sendo o *stalker* perfeito, acabei deixando passar:

— Ou *cauteloso* demais — corrijo —, preocupado com seus arredores.

— O que cê quer dizer com isso? — Ele me fita, um tanto arisco.

Nunca considerei compartilhar toda a situação de Calvin ou as coisas que vi e descobri na Masters com Lucas. Até alguns minutos atrás, se alguém pulasse em seu pescoço, cortasse a jugular e o deixasse sangrando no pátio frio do colégio, eu não pararia para ajudá-lo. Mas sua cautela e vigilância quanto aos seus arredores acende uma luzinha vermelha na minha mente. Será que isso é mesmo só por ser odiado? Ou ele sabe mais do que seu rosto desprezível deixa a entender?

Olhando no fundo de suas íris, Lucas parece ter o mesmo tipo exato de olhar louco de alguém que conversaria abertamente sobre demônios feitos de sombras.

— Já notou coisas estranhas acontecendo nesse colégio? — faço a pergunta arriscada.

— O que você define como estranho?

Dou uma boa olhada nos dois extremos do corredor para me assegurar de que estamos sozinhos.

— Estranho como um demônio de sombras te encarando na floresta e depois te perseguindo pelos corredores.

Apesar da minha suspeita, espero que ele ria e rebata com escárnio. Mas não é isso o que acontece. Lucas não responde nada. Fica mudo, os lábios embranquecendo pela força que faz ao fechá-los, a veia na testa se dilatando mais e mais. *Está assombrado.*

— Você tá tirando uma com a minha cara, porra?

— Não, não tô.

— Quando você viu ela?

— *Ela?*

Lucas esfrega a boca, olhando o corredor vazio sobre os ombros antes de murmurar:

— *A coisa.*

Começo a perder o compasso da minha respiração.

— Você já viu aquele treco também?

Ele balança a cabeça numa afirmativa.

Sob minha pele, um calor estranho se propaga; desde a ponta dos dedos até as partes mais profundas do meu peito. Por mais absurdo que pareça, me sinto aliviado – aliviado em poder conversar sobre isso com outra pessoa, já que Liam prefere ignorar os próprios olhos.

— Quando você viu ela? — repete Lucas.

Entrelaço os dedos e dou um passo em sua direção, abaixando a voz:

— A primeira vez foi logo depois de chegar aqui, na mesma noite em que meu irmão desapareceu. Depois, no final do primeiro dia de aula; quando tentei invadir a sala de um dos professores; e... — Hesito quando chego no momento mais recente.

Não tenho certeza se hesitei porque ainda não confio em Lucas o bastante para compartilhar com ele toda a situação envolvendo Calvin – e acho que nunca confiarei totalmente – ou se porque aquele momento específico também envolve Liam. Por orgulho, me convenço de que é a primeira opção, embora no fundo saiba que...

— E...? — insiste ele, os olhos arregalados em expectativa.

Expiro fundo.

— A última vez que a vi foi alguns dias atrás, no meio da floresta. A coisa *flutuou* sobre a porra de um riacho — conto, sussurrando a última parte.

Lucas entreabre os lábios.

— Você foi pra floresta? — questiona, num tom simultaneamente pasmo e repreensivo. — Você é muito mais burro do que achei.

— Eu *precisava*... — me apresso a explicar, mas então hesito novamente. Dessa vez, tenho certeza de que é porque não me sinto muito confortável compartilhando com Lucas a situação de Calvin. — Quer saber, não te devo explicações. — Cruzo os braços e desvio o olhar para o chão. Ficamos em silêncio. No começo, é contemplativo. Porém, com o passar do tempo, se torna teso, anormal. Há muitas coisas não faladas entre nós - nós dois sabemos disso -, e elas são asfixiantes, preenchem o espaço vazio entre nossos corpos, sufocam nossas gargantas. Tenho o desejo súbito de correr para longe dele e me esquecer dessa conversa, mas Lucas interrompe esse pensamento:

— Sim.

Fito o tatuado novamente.

— Sim o quê?

— Eu também já vi... essa *coisa* — diz, embaraçado. Ele esfrega a própria nuca e se apoia na parede de armários, me encarando de canto de olho. Estamos, outra vez, próximos o suficiente para que seu cheiro perturbe meu olfato. — Ano passado. No mesmo dia em que pisei aqui pela primeira vez. Apareceu entre as árvores da floresta por alguns segundos, então desapareceu. Uma única vez. Mas foi o bastante pra me fazer ter pesadelos quase todas as noites. — Ouço a história com atenção. Há resiliência e desconforto em sua voz ao contá-la, o que só pode indicar que é verdade. A estranheza da similaridade entre nossos primeiros encontros com a coisa me faz arquear as sobrancelhas. — Você disse que ela te perseguiu aqui?

— É, foi.

— Isso é impossível.

— Não é, não.

— Como ela passaria pela recepção?

— Eu me questionei a mesma coisa por dias, até achar outra entrada pro castelo.

— Onde?

Mais uma vez, a hesitação me impede de só abrir a boca e deixar as palavras escaparem. Embora o conhecimento da criatura da floresta nos conecte, é bobagem imaginar que isso, de alguma forma, vá retificar as atrocidades que Lucas já fez contra mim - e Liam.

— Eu não devia estar falando nada disso com o cara que tentou me matar — replico, sóbrio e distante.

O tatuado parece ofendido.

— Eu não tava tentando te matar. Aquilo era só... — diz, exasperado — ... pra te assustar.

— Claro, como se isso justificasse qualquer coisa.

Ele respira fundo e, então, se aproxima do Lucas convencional, cáustico e desagradável.

— Sei o que fiz e não vou pedir perdão.

— O que você tem contra mim, sério? — Finalmente questiono, e logo sinto um peso saindo do peito. — Com certeza esse ódio não veio só daquele encontrão na quadra.

A pergunta deixa Lucas hesitante da mesma forma que fiquei quando senti que estava compartilhando demais com ele.

— Você devia parar de brincar com sua sorte por aqui, *ruivinho* — responde, mais uma vez me irritando com a palavra, mais uma vez me prometendo violência.

Embora não me responda diretamente, sua vacilação já me deixa certo de que há mais por trás de sua implicância comigo do que aquele mero tombo. Mas não estou pronto para desistir ainda.

— Eu sabia — semicerro os olhos —, você é só um valentão babaca qualquer.

Lucas bufa. Ergue os ombros tensos.

— Vai me contar por que tava me seguindo? — indaga, imponente. — Ou vou ter mesmo que te dar uma surra de novo?

— Faz isso. Bate em mim. Bem aqui. — Viro meu rosto de lado e dou dois tapinhas em minha própria bochecha, oferecendo-a. — Me dá mais um motivo pra te odiar da mesma forma que você me odeia. — Fecho os punhos e os desabo sobre o peito dele, empurrando-o para trás.

Fico no aguardo de que pule sobre mim e me arrebente a qualquer momento, o que não ocorre. Lucas permanece parado, respirando pesadamente, me fitando com um tipo peculiar de desejo que não consigo compreender de imediato.

— O que foi? Perdeu a coragem? — teimo.

Ele nem sequer cerra os punhos e me ameaça com os nós dos dedos. *Isso é uma surpresa.*

Aponta o indicador em minha direção e diz, com severidade:

— Você não devia ter ido pra floresta. Aquele lugar é amaldiçoado.

Chego muito perto de cair na gargalhada, mas consigo abafar o riso. Não posso acreditar na imagem à minha frente: o mesmo cara que me socou e me prendeu sob uma piscina durante a madrugada agora está *preocupado*?

— Perto de você, a floresta é uma bênção.

E isso parece ser a gota d'água para ele.

Lucas se afasta e volta a caminhar em direção aos dormitórios, a cara emburrada, os pés batendo no chão com força.

— Se me seguir de novo, vou garantir que isso seja verdade — diz ele, sobre os ombros, quando passa por mim.

No começo, fico feliz que Lucas esteja indo embora e que a conversa tenha se encerrado sem que meu nariz encontrasse seus punhos violentamente outra vez. Porém, quanto mais se afasta, mais um sentimento de perda se alastra dentro de mim, como fogo num celeiro de palha.

Isso só pode ser brincadeira.

Fecho os olhos. *Droga, Andrew.*

Luto contra meu instinto de autopreservação – e meu bom senso – e resolvo explicar:

— Não ouviu o que eu disse? Meu irmão desapareceu.

— Ouço seus passos pararem. No entanto, ele não volta a se aproximar. Me viro para encará-lo. Lucas está com as mãos enfiadas nos bolsos e um olhar interessado, mas arisco. — Na noite da festa de boas-vindas, nós nos separamos e ele só... sumiu. Nunca mais apareceu. Eu já tentei pedir ajuda pro diretor, pros professores, pra todo mundo que posso — abro um sorriso de frustração —, mas ninguém faz nada. — Me encosto nos armários e deslizo para baixo até estar sentado no chão. Apoio os braços nos joelhos e fito a penumbra à minha frente. — Recebi uma mensagem anônima de alguém que parecia saber o que aconteceu com ele e que me mandou procurar na floresta. Por isso fui até lá, pra tentar achar pistas do desaparecimento do meu irmão. — Minha voz perde a força à medida que a explicação se prolonga.

Me sinto um tanto nu. É constrangedor compartilhar algo tão pessoal com alguém que eu odiava tanto há tão pouco tempo.

Lucas se aproxima devagar, os passos mais leves e os braços agora balançando ao lado do corpo. Ele se senta no chão ao meu lado.

— E achou? — pergunta, acompanhando meu olhar em direção ao nada.

— As coisas dele que sumiram do nosso quarto tavam na praia, largadas pra serem levadas pelo mar. Alguém sequestrou o meu irmão, ou fez coisa pior, e tentou apagar qualquer rastro da sua existência neste lugar. O nome dele não tá na lista de alunos que ingressaram este ano, não há um quadro dele no mural onde ficam o de todos os alunos. — Um calafrio atravessa minha espinha. Diante desses mistérios, me sinto pequeno e frágil, uma criança largada num oceano repleto de tubarões. Brinco com os dedos, tentando me distrair das pequenas pontadas de medo que afligem meu estômago. — Seja quem for, planejou essa merda antes mesmo de colocarmos os pés aqui.

Lucas acena, mas não fala nada. Juntos no piso gélido, nossos corpos seguem parados no corredor, embora nossas mentes estejam vagando para longe. Quero perguntar no que ele está pensando, mas ao mesmo tempo quero prolongar o silêncio, estendendo essa pequena trégua entre nós que, com certeza, não vai durar muito mais tempo.

— Então por que cê ainda tá vivo? — pergunta ele após alguns minutos. De relance, miro-o confuso. Ele umedece os lábios e completa: — Se essa pessoa tem tanto poder assim, então por que desaparecer só com um dos irmãos e deixar o outro pra trás? Seria mais eficiente se livrar dos dois, não acha?

O simples ato de pensar nisso me deixa exausto e faz meu medo recrudescer. Seria mais desconfortável estar aqui, sem saber de nada e tentando encontrar Calvin, ou na situação dele, sabendo exatamente o que aconteceu, mas desaparecido do mundo, sem qualquer tipo de controle sobre meu próprio futuro? *Isso se ele ainda estiver vivo.* Eu não sei. Eu não sei.

— ... Eu não sei. Essa é mais uma das coisas que não sei — respondo, sôfrego, e encubro o rosto com as mãos. — O que eu sei, Lucas, é que preciso ligar pro meu pai pra falar com ele sobre o que aconteceu e, então, pedir ajuda. — As palavras saem com mais casualidade do que imaginei que sairiam. — Agora sabe por que estive te seguindo.

Encaro-o.

Ele não se esforça em negar ou se desviar do assunto. Parece apenas surpreso, *e curioso*.

— Como descobriu isso?

— Se eu contar, você vai matar a pessoa.

— Não sou um assassino, seu psicopata.

— A sua reputação diz o contrário.

— Tenho a reputação de um assassino?

— Bem, quase isso.

— Nós dois sabemos que isso não é verdade — replica, com um sorrisinho. — Só porque dou um pau em alguns caras vez e outra pra garantir que se lembrem de quem tá no comando, isso não significa que eu mataria eles, *ruivinho*.

— Então não foi você que tentou me empalar enquanto eu tava preso sob a piscina? — O pensamento intrusivo se expele sem filtro.

— Não. Eu só te prendi lá, e não ia te deixar na piscina por muito tempo. Voltei pra te tirar, como disse que faria — explica, de maneira calma, quase desinteressada. Não há pesar ou arrependimento nas palavras, menos ainda no olhar.

Observo seu rosto e tento compreender se realmente não percebe a gravidade de suas ações ou se está fingindo que não percebe. Talvez tenha sido exposto à violência de forma tão frequente enquanto crescia que, em sua mente, me atacar e me prender sob a piscina seja algo banal.

O Lucas, de fato, merece estar num local como esse, isolado do resto do mundo civilizado.

— Não importa quem me contou o que sei sobre você — digo por fim, e me levanto. Não tenho mais ódio, ou sequer ressentimento. Tenho apenas a angústia de encontrar meu irmão neste lugar abandonado por Deus. — Se não quiser me ajudar, então só me deixa em paz. Já será o suficiente.

Ainda sentado no chão, Lucas segura meu braço, impedindo que eu me afaste. Tento puxá-lo de volta, mas o tatuado não deixa.

— Eu não gosto quando toca em mim.

— Vem pro meu quarto. — Sem desviar os olhos dos meus, ele se levanta. — O que você quer tá lá.

— Vai me ajudar, então?

— O que tá parecendo? — Então ele se afasta, me dando as costas e indo em direção ao corredor que leva ao dormitório.

Um tanto relutante, sigo-o.

— Por que a mudança de atitude?

— Porque também tenho um irmão mais novo.

***

Em silêncio, caminhamos pelos corredores escuros que levam aos quartos dos segundanistas. Em todas as vezes que estive em seu encalço, nunca vi Lucas acompanhado de alguém ao entrar ou sair de seu dormitório, então imagino que durma sozinho – o que faz todo o sentido do mundo, levando em consideração sua propensão a atos aleatórios de violência.

Chegamos ao quarto dele, no final de um dos últimos corredores, e trocamos olhares de relance. Ele sabe que sei que chegamos, e eu sei que ele sabe que sei. Nenhum de nós emite um som sequer.

Quando alcançamos a porta, ele a abre sem cerimônias e acende a única lâmpada do cômodo.

É um quarto mais simples que o meu, talvez desde o início tenha sido pensado para ser de apenas uma pessoa. É pequeno, composto de um guarda-roupa de duas portas numa parede e, na outra, a cama de solteiro. Há uma mesa de cabeceira logo abaixo da janela quadrada na parede oposta à porta, de onde se pode ter uma vista limitada da floresta e do horizonte. Ao lado do guarda-roupa, está uma porta fechada, que provavelmente leva ao banheiro.

As decorações não são chamativas, exceto um item ou outro. Para minha surpresa, não há bagunça. A cama está perfeitamente arrumada, o chão está limpo. Como a janela está aberta, a sensação no interior é fresca e confortável. *Apenas agora percebo como mal tenho cuidado do meu quarto.*

Lucas se apressa em direção à porta ao lado do guarda-roupa e entra no banheiro, deixando-o aberto. Ele nem sequer faz questão de acender as luzes. Apenas levanta a tampa do vaso num estampido irritante e urina.

Reviro os olhos e me aproximo da janela.

— A gente pode só acabar com isso logo? — indago, sem esconder meu descontentamento.

— Relaxa, eu sempre deixo *você sabe o que* no quarto. Só preciso achar — responde ele sobre o barulho de seu jato sendo despejado no vaso.

Bufo. *Por que ele é tão irritante?*

Miro a floresta enquanto espero o tatuado esvaziar a bexiga, imaginando o demônio passeando entre as árvores enquanto todos aqui se preparam para dormir. Nenhuma das portas dos dormitórios possui trancas; é inquietante pensar que, a qualquer segundo, aquilo poderia entrar em qualquer quarto e rasgar a garganta de quem quisesse.

Lucas enfim puxa a descarga e retorna ao quarto, sem lavar as mãos. Não me dirige muita atenção, caminhando direto até a mesa de cabeceira. Eu me afasto dele para lhe dar mais espaço, o que acaba sendo interpretado de outra maneira em sua mente cautelosa:

— Calminha aí, não vou te machucar. — Lucas me fita enquanto está curvado em direção às gavetas da mesa. — A menos que me dê motivos pra isso — acrescenta, com um arquear cínico de sobrancelhas.

— Como se eu tivesse te dado motivos da primeira vez.

— Você deu.

— Ah, e quais foram mesmo?

Ele inspira fundo, como se fosse falar alguma coisa, mas, seja o que for, acaba morto em sua garganta. Então Lucas desvia o olhar e se concentra na busca pelo aparelho.

— Não importa.

Dou de ombros. *Ele tem mesmo um problema em se comunicar.*

— Posso abrir? — peço, me referindo ao guarda-roupa.

Ele assente, sem me direcionar a atenção.

Droga. O que tá passando na cabeça dele?

Abro o móvel onde suas roupas ficam guardadas. Apesar da aparência externa, é bem grande por dentro. Há poucas peças penduradas nos cabides, o que lhe deixa com um aspecto de vazio. As peças de Lucas, em sua maioria, são camisetas escuras, algumas de manga comprida, outras sem manga alguma, e até algumas camisetas de flanela. Entremeadas a elas estão os ternos da Masters e as camisas sociais brancas. Sobre as gavetas, há um espelho. E, nele, há uma foto 3×4 presa entre a superfície reflexiva e a moldura.

A foto me deixa curioso. Apanho-a e analiso-a de perto.

— Seu irmão? — pergunto a Lucas.

Ele fecha a última gaveta da mesa de cabeceira com força, esfrega a testa e, então, direciona o olhar primeiro a mim, depois à foto em minhas mãos e, por fim, a mim de novo. Em seguida assente e se aproxima.

— Michael. Ele tem só sete anos. É uma peste. — Lucas retira a foto de meus dedos e a coloca de volta no lugar em que estava antes. *É importante.*

Lucas, então, começa a buscar pelo celular no guarda-roupa, revirando peças, gavetas e sapatos.

— Mas você ama ele — rebato após um tempo. O tatuado mal-encarado me olha de relance. — Senão, não teria uma foto na mesa de cabeceira.

— É claro que amo meu irmão — responde, ríspido.

Me sento na cama e cruzo os braços.

— E eu amo o meu também. Por isso, preciso desse celular.

— Eu sei — grunhe ele, e revira as peças nos cabides outra vez —, só espera mais um pouquinho. Tá aqui, em algum lugar.

Fito suas costas e, subconscientemente, desconfiança começa a queimar dentro de mim. Eu não deveria estar tão confortável sozinho no quarto com ele, afinal de contas. O celular é valioso, Lucas com certeza não o deixou largado em qualquer lugar, a menos que seja muito, *muito*, idiota.

— Você é mesmo filho do Donald Trump?

— O quê? — Ele se vira na minha direção, o rosto enrugado em confusão.

Dou de ombros e encaro a janela.

— Foi o que ouvi.

Ele aponta para o próprio rosto.

— Eu me pareço com o Donald Trump? — E então aponta a pequena foto presa ao espelho. — Michael se parece com o Trump?

E isso arrasta a sombra de um sorriso sobre meus lábios.

— Acho que não. — Ele volta a buscar pelo celular, dessa vez no banheiro. — Mas é filho de um ex-presidente? — Preciso erguer mais a voz para que ele me escute.

— Sim.

— Qual?

— Aquele que te comeu no quintal. — *Babaca.* — Para de fazer perguntas sobre o meu pai, *ruivinho*.

— Obrigado por me lembrar do quão desagradável você é.

Para agilizar essa busca e diminuir o tempo em que preciso continuar na companhia do desgraçado, abro as gavetas da mesa de cabeceira e verifico se ele não deixou o aparelho passar batido por engano - *não me surpreenderia*.

Na primeira gaveta que abro, no entanto, acho uma coleção de DVDs.

Lucas apaga as luzes do banheiro e volta ao quarto, parecendo mais confuso do que nunca. Coça a nuca e dá um giro sobre o próprio eixo, olhando o quarto. Quando seu olhar se deposita sobre mim outra vez, pergunta:

— Gosta de filmes de terror? — Analiso o DVD em minhas mãos, me lembrando de quando assisti a esse filme com Calvin, em casa. — Já assistiu *A morte do demônio?* — Assinto. Lucas se aproxima e vasculha a gaveta até achar um outro filme específico: — *Sexta-feira 13?* — Assinto novamente. — Qual seu preferido?

É minha vez de vasculhar sua pequena coleção, até encontrar meu querido.

— Freddy. — Seguro a capa do filme próximo ao rosto para indicá-la e sorrio, subitamente imerso num período da minha vida que parecia complicado, mas que não era nada se comparado ao agora. Abro a embalagem plástica retangular e vejo o rosto queimado de Freddy no disco, junto ao título *A hora do pesadelo.* Gostaria de poder assisti-lo e me alienar um pouco. — Se pelo menos a gente tivesse uma televisão aqui... — lamento, em voz alta. Lucas me fita de maneira contemplativa. — Deixa eu adivinhar, você arranjou um jeito de contrabandear uma também?

Ele ri e se senta ao meu lado.

— Vou ficar devendo. Já é difícil esconder o celular dos guardas, algo maior tá fora de cogitação.

Contraio os lábios num arfar de decepção e guardo o DVD de volta na gaveta. Enquanto a fecho, pergunto:

— Por que você não tem um colega de quarto?

Uma lufada de ar escapa de sua boca.

— O que cê acha?

— Porque é um babaca agressivo e impossível de se conviver.

— Exato.

Me levanto da cama. Dou mais uma olhada no quarto, então cruzo os braços e encaro o tatuado à minha frente.

— Onde tá o celular?

Ele suspira e volta a abrir a gaveta dos DVDS.

— Tô procurando, merda.

Lucas retira todas as embalagens de plástico de seu interior e as joga sobre a cama.

— Tá procurando há muito tempo.

— Eu deixei aqui, nessa gaveta — diz ele, apontando o compartimento vazio com as duas mãos, e me olha irritado —, ontem à noite, mas agora sumiu.

— Deve ter deixado em outro lugar.

Dou as costas e entro no banheiro pela primeira vez para analisá-lo com meus próprios olhos. É minúsculo. Não teria onde sequer esconder o aparelho ali. *Droga, pra uma escola tão cara, os quartos definitivamente são uma merda.*

— Eu nunca tiro ele daqui, tenho medo de esquecer em algum lugar exposto do quarto e alguém descobrir — continua Lucas, murmurando. Volto ao cômodo principal. Nossos olhares se encontram. Uma suspeita começa a ganhar força na minha mente. — Quem te contou que eu tenho um celular? — questiona, num tom desconfiado.

Suspiro. Minha suspeita se concretiza.

— *Eu sabia.* — Aponto um indicador em seu rosto. — Isso é só um truque pra você descobrir e machucar a pessoa que me contou sobre o celular. — Com os olhos arregalados, observo todo o quarto de novo. Não haveria como perder um aparelho aqui, o local é pequeno demais. — Você não quer me ajudar. Nunca quis.

Lucas se levanta e se aproxima, abaixando meu braço.

— Droga, *ruivinho.* Só me conta — pede, calmo e solícito, as íris brilhando em angústia.

Sou pego de surpresa. Me inclino para trás para me afastar dele, mas sua mão envolve minha cintura, me impedindo. Meus braços ficam esmagados entre nossos peitos.

— O que cê tá fazendo?

— Me diz quem foi a pessoa que te contou sobre o celular. *É meu.* Mereço saber quem mais sabe sobre ele.

— Você não merece nada. — Encaro-o de tão perto que vejo as pequenas veias desenhadas na parte branca de seus olhos.

— Me conta — sussurra Lucas.

— Desiste, cara — também sussurro, firme.

Ele não tenta replicar outra vez, no entanto. Apenas continua próximo, me fitando de uma maneira muito, muito estranha. O aperto de seu braço em minha cintura diminui, mas não me afasto, por razões que não consigo descrever. Me sinto elétrico e calmo e completamente louco, como se estivesse na beira do precipício mais grandioso do planeta, ansiando pelo momento de me atirar. Enquanto os segundos passam, minha respiração cessa, meu coração palpita e minha boca saliva. *O que é isso?*

Eu sei o que é, mas não quero admitir. *Por favor, Deus, não me faça admitir.* Me mantenha alienado e completamente negligente ao que seja lá que estou sentindo neste exato momento.

E, justo quando sinto as últimas tiras da corda frágil da minha sanidade se rompendo e minhas mãos começam a subir pelo peitoral de Lucas, ele se afasta, se virando de costas bruscamente.

— O celular não tá mais aqui, pode procurar você mesmo, se quiser. — Lucas para na janela, observando a floresta escura com uma mão na cintura e a outra cobrindo a boca.

— A pessoa que te contou sobre ele pode ter ido até um dos professores e me dedurado, caralho. Não vê que isso pode foder minha vida?

Balanço a cabeça rapidamente, voltando a mim. Limpo a garganta.

— Isso é impossível.

— Por quê?

— Porque foi alguém em quem confio.

Ele retorna a atenção e o corpo a mim.

— Um dos seus amigos calouros? — Contraio os lábios. Seu semblante desconfiado se acentua. — Liam? — Ele arqueia uma das sobrancelhas. Inspiro fundo e desvio o olhar para o lado, sem responder nada. — Sabe, você tem culhões bem grandes se envolvendo com aquele cara.

— O que cê quer dizer com isso?

O tatuado umedece os lábios. Suas íris se distanciam, vagando por lembranças, até elaborar:

— Há histórias sobre o diretor. Histórias terríveis. Alguns dizem que nem sequer é humano. Por que acha que ele nunca aparece em público? Que é impossível falar com ele? — Dou alguns passos para trás e, por um momento, sou transportado à manhã logo após o desaparecimento de Calvin, quando bati na porta do diretor e fui recebido por Colter. No entanto o tom de Lucas é fantasioso e jocoso demais, e me afasta de qualquer conclusão lógica: — Até onde sabemos, a criatura de sombras pode ser o diretor da Masters. E você aí, de papinho com o filho dele.

— Para de dizer essas idiotices. Liam é meu amigo.

— E amigos se beijam agora?

Fecho os olhos e aperto as pálpebras com os dedos. Como desconfiei desde quando nos interrompeu no terraço, o valentão aqui está com ciúme. *De mim ou de Liam, só Deus sabe.* Evitei me envolver com garotos e consegui evitar esse tipo de drama durante a vida toda só para acabar mergulhado de cabeça nele no pior momento possível? Não. Absolutamente não.

— Que droga você tem a ver com isso? — replico, minha voz hostil se derrama sobre o pequeno quarto e faz Lucas se retrair. — Logo você, a pessoa mais detestável de todo este colégio. Todos te odeiam, Lucas, e por bons motivos. — Talvez por causa da ira, cuspo uma teoria que estive marinando havia dias, mas sobre a qual não tenho prova alguma: — A última coisa que o Calvin me deixou antes de desaparecer foi um bilhete me avisando pra não confiar em você.

— Em mim?

— *Em você.*

Um pequeno momento de silêncio se faz presente à medida que encaro sua expressão confusa, sua testa franzida, sua boca aberta e muda. Talvez eu tenha extrapolado, mas o estrago já está feito.

Lucas se levanta e aponta para o próprio peito com as duas mãos, dando passos apressados em minha direção.

— Andrew, eu nunca conheci o seu irmão.

Sua aproximação me faz andar para trás até ser encurralado na porta.

— *Para!* — Ergo os braços entre nossos corpos, impedindo que chegue mais perto. Ele deixa de se aproximar. Respiro fundo e digo, com frieza: — Se você teve qualquer coisa a ver com o desaparecimento do meu irmão, pode ter certeza de que vou descobrir, e vou te fazer pagar amargamente.

Abro a porta e saio do quarto com pressa. Não caminho por muito tempo. Me escondo no corredor ao lado, num bolsão de escuridão, atento a qualquer movimentação de Lucas para fora de seu dormitório. Se é a pessoa que está por trás do sumiço de Calvin, então com certeza me seguiria e tentaria algo contra mim, agora que sabe que desvendei sua identidade, *né?*

Fico parado na escuridão por cerca de trinta minutos. Lucas permanece no quarto, assim como o vi fazer todas as vezes nos últimos dias.

E só agora percebo que, nesses últimos dias, também não vi o demônio de sombras em lugar algum ou sofri um novo ataque da pessoa que tentou me matar na piscina.

Talvez esteja na hora de checar se tive alguma resposta de "C".

***

Eu me esgueiro pela biblioteca sem chamar a atenção do homem de meia-idade que cuida dos livros. Falta cerca de dez minutos até o toque de recolher, então preciso me apressar antes que acabe ficando preso aqui.

Corro em silêncio até a seção dos livros de botânica e apanho o livro no qual deixei o bilhete para "C". Abro-o. Folhei-o. Dito e feito, encontro um papel novo entre suas páginas.

Devolvo o livro à prateleira e, ansioso, abro o bilhete.

"Você já devia ter entendido que nada aqui é concreto, pobre Andrew. As paredes são concretas? A cama onde você dorme é concreta? Não, não são. São construídas sobre séculos de mentiras, sangue e traições. Seus sentimentos são concretos? Me responda, o que foi mais prazeroso: o beijo do cavaleiro que se apaixonou à primeira vista ou o toque do anti-herói que não consegue parar de te destruir? Pode até mentir para si mesmo, garotinho. Mas não para mim.

Acha que as pessoas ao seu redor são concretas? Pense novamente. Talvez ache que suas amizades têm algum tipo de valor. Está enganado. Uma mentira bem contada dói menos do que uma verdade cruel e, por isso, nosso cérebro pode distorcer a realidade para a gente acreditar em coisas que não estão realmente ali, mas são mais fáceis de digerir. Mas o preço da ignorância está caro demais, não acha?

Está na hora de mergulhar no fundo das entranhas dos segredos da Academia Masters e submergir apenas quando conseguir enxergar a realidade do jeito que ela é.

— C."

Enquanto leio as palavras escritas à mão, fico mais e mais desnorteado. O que quer dizer com "mergulhar nas entranhas da Masters"? "Enxergar a realidade do jeito que ela é"? Acho que já consigo ver as coisas muito mais claramente do que a maioria dos desgraçados neste lugar. Ele quer que eu veja *mais*?

Dobro o papel novamente. Não tenho muito tempo restante. Pego o livro de botânica outra vez, para me explicar caso seja flagrado por alguém na saída, e então percebo que há um tomo estranho ao lado dele, um livro que sem dúvida alguma não pertence à seção de botânica.

— *O que é isso?*

Esqueço o livro do sr. Green. Preciso das duas mãos para apanhar esse monstro. Deve ter, facilmente, mil e quinhentas páginas. A capa é feita de um couro muito, muito envelhecido e pouco polido; é ríspido e austero ao toque dos dedos. De imediato, tenho a impressão de ser um livro que eu não deveria ter em mãos. *Mas o tenho.* E, lendo seu título, o bilhete de "C" começa a fazer algum sentido.

Apoio o *Honorário histórico da Academia Masters* no braço direito e, com o esquerdo, o folheio rapidamente. De cara, vejo informações sobre o castelo, a ilha e o que parecem ser descrições sobre todas as turmas que passaram por aqui ao longo de seus séculos de funcionamento. Navego mais um pouco pelas páginas empoeiradas e pesadas. Meu antebraço começa a reclamar.

Chego numa seção de personalidades notáveis, com ilustrações realistas como aquelas presentes nos quadros que encontrei nos túneis do subsolo, acompanhadas de nome, data de nascimento, turma e alguns feitos notáveis.

O primeiro representado é, claro, Woodrow Hall, que fundou a escola no final do século XIX. É a primeira vez que vejo uma ilustração sua, no entanto, e parece estranhamente familiar. Forço um pouco a vista, tentando identificar de onde o conheço, mas parece haver um vácuo de memórias em minha mente.

Me dirijo um pouco mais abaixo na página, até um certo aluno de fios claros, longos, e rosto fino; em seu olhar, há tristeza e pesar; em sua face, um marasmo quase contagiante. Leio seu nome, e o livro despenca de minhas mãos, causando um estrondo alto e horroroso ao se chocar contra o chão. As estantes ao redor tremem. Fico paralisado. Preciso me segurar nas prateleiras mais próximas para não cair.

Me atiro de joelhos no chão e puxo o livro para perto mais uma vez, voltando a ler o nome do aluno. Não. Não estou enganado. Essas palavras estão escritas e realmente estou lendo cada uma delas. *Minha mente não tá me pregando uma peça.*

Elijah Hall. Bisneto de Woodrow Hall.
Nascido em 1892. Morto em 1909.

Parte 4

O MONSTRO NO FINAL DO LIVRO

UMA SEMANA ANTES

"*Os fantasmas existem mesmo. As pessoas, em todos os lugares, sempre souberam disso. E acreditamos neles, assim como Homero. Só que hoje em dia usamos nomes diferentes. Lembranças. O inconsciente.*"

Donna Tartt (*A história secreta*)

SACRAMENTO

— E-eu não tenho ideia do que é isso — balbucia Elijah diante do livro histórico da Masters aberto à nossa frente, bem na página que mostra seu rosto, seu nome e sua data de morte.
— Não tem ideia? — replico, entredentes, enfurecido por sua dissimulação. — Não mente pra gente, Elijah.
— Não tô mentindo
— É... — murmura Roberto, o rosto pálido como o de um fantasma. — É você. — Seus olhos alternam rapidamente entre o desenho no livro e a face do amigo. — Como pode?
Vendo que não sou o único que demanda respostas diante daquilo, me sento à mesa, me esquecendo completamente do café da manhã na bandeja.
Elijah se recolhe no assento, tentando, inutilmente, escapar dos projéteis disparados pelos olhos de Roberto.
— Não sei — responde, exasperado. — Não pode ser. — Ele pega o livro e o leva até bem próximo do rosto, lendo com cuidado todas as informações sob sua ilustração. — Eu não tenho ligação nenhuma com o fundador deste colégio. — Diz, num frenesi, tentando se defender.
— Não tem nenhuma ligação, mas tem o mesmo sobrenome que ele?

— Hall é um sobrenome comum. Com certeza há mais pessoas neste lugar que se chamam Hall, e você não vê os amigos deles os acusando de serem parte da família do fundador da escola.

— Não estou acusando ninguém de nada, tô apenas repetindo o que tá escrito no livro — rebato, ainda severo e inflexível. — Sabe o que mais ele diz? — Apanho o livro das mãos de Elijah e aponto uma informação particular ao lado da data de nascimento. — Diz que você morreu há cento e trinta anos.

O rosto de Elijah empalidece como o de Roberto, mas de uma maneira peculiar. Suas bochechas pontudas ainda estão coradas, talvez resultado do embaraço que sente diante de minha acusação. Seus olhos marejam, e suas palavras se tornam mais e mais desengonçadas a cada vez que volta a abrir a boca.

— Isso é loucura, Andrew. Uma loucura sem pé nem cabeça. — Elijah respira fundo na busca por controlar as lágrimas, mas falha. Logo estão descendo por seu rosto, sem controle. Meu coração afunda um pouco no peito ao vê-lo dessa forma. Estou machucando um dos meus melhores amigos aqui. Mesmo que a situação peça por isso, não significa que seja menos doloroso. — Deve ser algum tipo de erro ou...

— Ou o quê?

Elijah cerra os punhos sobre o metal entre nós.

— Não sei, uma pegadinha...

Fecho o livro com força, deixando o couro de sua capa em evidência.

— Essa coisa parece ser tão velha quanto os muros deste castelo. Isso parece uma piadinha pra você? — Me descuido do tom e acabo elevando a voz além do necessário na última frase.

— Ei, Andrew, *pega leve* — me repreende Roberto.

Reteso a mandíbula, mas não rebato imediatamente, reconhecendo meu descontrole. Em vez disso, fico calado, e um silêncio asfixiante se ergue como um muro entre nós três. Elijah enxuga as lágrimas na manga do terno. Roberto o encara com descrença. E eu... eu reavalio certas considerações que havia feito.

— Você já viu ele comendo alguma vez? — pergunto a Roberto.

O garoto de cabelos castanhos se volta para mim lentamente, os olhos estreitos, e sei que está se aproximando da mesma conclusão que eu.

Elijah nunca comeu nada em nossa presença.

Seu olhar se distancia numa confirmação muda. Então, voltamos a encarar o garoto encolhido na cadeira.

— Agora acham que eu sou um fantasma? — protesta.

— Você que me diz, Elijah Hall. Cê é um fantasma?

— Não, não sou — responde, com sinceridade, uma sinceridade que preciso ignorar visto as evidências sobre a mesa. — E se você — continua, apontando para mim, e suas íris ardem — está mais disposto a acreditar nas cartas de um psicopata e num livro aleatório que achou na biblioteca do que em mim — Elijah bate no próprio peito —, seu amigo, então não tem nada que eu possa dizer pra te convencer do contrário. — Há tanta fúria, tanta indignação e repulsa em sua voz que qualquer resposta rápida que eu tinha na ponta da língua acaba se dissolvendo.

Respiro fundo, olhando no cerne dos olhos do meu amigo dessa vez. Seu rosto está úmido. Suas mãos, trêmulas. Uma mancha rosa cobre seu pescoço, enquanto seu peito sobe e desce de maneira acelerada. Eu nunca vi Elijah fora de si antes. Ele sempre foi o mais sorridente e tranquilo entre nós três. Mas agora parece outra pessoa. *E eu o deixei dessa maneira.* Parece um crime.

Analiso o livro histórico da Masters outra vez. Talvez eu estivesse tão obcecado em achar algo material que me apontasse as bizarrices desta escola que acabei vítima do primeiro mal-entendido que surgiu na minha frente. Apesar da minha desconfiança, é completamente injusto acusar e despejar tanta hostilidade sobre uma pessoa que sempre esteve ao meu lado, que sempre me apoiou e que genuinamente se importa comigo.

E mesmo que ele fosse um fantasma, e daí? Não é como se eu já não tivesse visto coisas piores aqui. O mais inteligente teria sido manter as suspeitas para mim e analisar Elijah com mais cuidado. Isso é o que o Andrew de um ano atrás teria feito. Infelizmente, também acho que esse garoto se foi.

Relaxo os ombros e me recosto na cadeira, o olhar fixo no couro amarronzado da capa do livro.

— Alguém colocou isso lá pra mexer com a sua cabeça — murmura Elijah, por fim.

— Talvez você tenha razão. — Me levanto e arrasto minha cadeira até o lado dele. Elijah tenta se afastar, mas não há muito para onde correr. Acaba precisando aceitar meu abraço. — Me desculpa.

No começo, ele fica tenso, mas então logo se desmancha nos meus braços.

Roberto nos fita ainda incrédulo, porém bem mais sereno. No fundo, sei que concorda com Elijah, que sempre concordará, em qualquer situação. *Eles se amam, mesmo que ainda não tenham notado isso.* E está tudo bem.

— Eu não sou uma aberração — diz Elijah enquanto me abraça, a voz abafada pela proximidade de seu rosto com meu peito.

— Nunca disse que era. — Beijo o topo de sua cabeça e me afasto.

— Mas pensou.

Arrasto minha cadeira de volta ao lugar de sempre e apanho o livro outra vez.

— "C" deve estar mesmo brincando com a minha cabeça.

— Provavelmente fez isso pra te distrair — pondera Elijah.

— Me distrair?

— De procurar pelo seu irmão. — Franzo o cenho, pego de surpresa. — Não consegue mesmo ver o que tá acontecendo, Andy? — Balanço a cabeça. Elijah se senta normalmente e se inclina sobre a mesa em minha direção, mirando minhas íris. — Essa pessoa sequestrou o Calvin e agora tá brincando com você, como um animal brincando com a presa.

Me lembro do primeiro bilhete, do que me levou a me aventurar na floresta, do que me levou a descobrir as coisas de Calvin abandonadas na areia da praia.

E se "C" as colocou lá, sabendo que eu ia encontrá-las?

— Achei que ele estivesse me ajudando a encontrar o Calvin — balbucio, me sentindo profundamente traído.

— Ele tá te levando pra uma armadilha. — Roberto concorda com a cabeça. — Psicopatas são sádicos.

Arrasto um dedo sobre o couro do livro. Talvez tenha sido forjado pelo desgraçado por trás do desaparecimento do meu irmão, criado apenas para me fazer ter dúvidas sobre Elijah e me isolar dos meus amigos. Consigo sentir as cordas de "C" em minhas costas neste exato momento, me manipulando como uma marionete.

Isso ainda não explica por que ele tentou me matar na piscina, de qualquer forma.

Minha cabeça começa a latejar.

Fecho os olhos e aperto as pálpebras.

— Tô de saco cheio deste lugar. Se pudesse, voltava pra casa nadando.

Elijah deixa escapar uma risadinha.

— Sua cara é bonita demais pra virar comida de tubarão. Também acabo rindo.

— Bom, o único jeito de ela não virar comida de tubarão é se eu conseguir falar com meu pai logo.

E então a voz de Elijah ganha um tom malicioso muito raro, mas que sempre premedita algo útil:

— Só porque o Lucas não quis te dar o celular dele, não significa que você não possa roubá-lo.

Expiro. As lembranças de ontem à noite são... agridoces. Nem tão agradáveis, nem tão repulsivas quanto imaginei que seriam ao amanhecer.

— Eu *estive* no quarto dele, vasculhei suas coisas — rebato, frustrado. — O aparelho não tava em lugar nenhum. Na verdade, *não sei* se ele não quis mesmo me ajudar, ou se genuinamente o perdeu.

O loiro aponta alguém atrás de mim com o queixo.

— Então por que cê não pergunta?

Sigo sua deixa até estar, novamente, fitando os olhos do tatuado insuportável que contrabandeou, além do celular, sua coleção de filmes de terror preferidos para o interior deste castelo, mesmo que nunca pudesse, de fato, assisti-los.

Tanta coisa a respeito dele não faz sentido algum, mas guardarei todos esses devaneios para mim. Roberto e Elijah não precisam ter ciência do tsunami de emoções e contradições no meu peito neste momento.

Tenho uma resposta mais simples, e bem sincera, para oferecê-los:

— Porque ainda não tenho certeza de que ele não é "L".

* * *

O dia passa rápido e mais tranquilo do que o normal.

Após minha conversa com Elijah no café da manhã, repensei muito a minha relação com "C" e realmente acho que coloquei muita confiança cega nas palavras de alguém cuja única identificação que tenho é uma inicial – que nem sei o que significa. *Falando assim, realmente me sinto estúpido.*

Tentei esquecer o livro histórico da Masters e me concentrar nas aulas. Aritmética; microbiologia; literatura. Almoço. Físico-química; inglês. Por último, temos aula de educação física – de todas, a mais fácil de me concentrar e me esquecer dos problemas.

Novamente, os calouros foram misturados aos veteranos. Novamente, tive o desprazer de jogar com Lucas. Novamente, ele parece não tirar os olhos de mim. Em geral, me sentiria incomodado ou até perseguido. Agora, sinto uma estranhíssima forma de alegria – uma que, é provável, deveria me mandar direto para a terapia.

O jogo de futebol acabou com derrota do time dos veteranos pela primeira vez, num clima bem amistoso, apesar de Lucas e alguns outros garotos não conseguirem esconder os egos feridos.

Tenho que parar de pensar nele.

Tomei um banho rápido no vestiário e agora me preparo para reencontrar Roberto e Elijah – que acabaram sendo alocados para o segundo esporte oferecido durante a aula. *Será que jogaram com o Liam?*

Estou sozinho num dos corredores próximos aos chuveiros. Abro a caixa de metal número trezentos e doze, onde guardei minhas roupas, e as apanho. Caminho até o banco de madeira no centro do corredor, depositando as peças sobre ele, e coloco a mão na barra da toalha enrolada em minha cintura, pronto para ficar pelado e vestir minha cueca.

É então que vejo uma figura de braços cruzados apoiada num dos armários no final do corredor, me fitando diretamente.

— *Droga.* — Dou um pulinho para trás, enrijecido. — Tá tentando me assustar entrando de fininho desse jeito? — vocifero.

Lucas sorri e cruza os braços, encoberto somente por uma toalha branca na cintura, como eu. O peito completamente desnudo me dá, novamente, uma visão completa de suas tatuagens.

No entanto, as tatuagens não me surpreendem. Para melhor ou para pior, são bem a cara dele.

O tatuado começa a se aproximar de mim, com passos lentos, manhosos. Há excesso de água em seu corpo, dos pés à cabeça; parece ter recém-saído do banho. Os fios escuros estão grudados na testa, gotas descem por seu rosto, então pela garganta, pelos ombros, peito, abdome, e morrem em sua pelve estrangulada pelo tecido felpudo.

— Assim como você tava na minha cola esses dias — murmura Lucas, baixo e grosso. Imediatamente, me dou conta de uma certa tensão em sua voz, e de um certo ardor em seu olhar.

— Mas eu não tava tentando te assustar — rebato, ainda enfurecido por ter sido pego de surpresa. — Na verdade — reviro os olhos —, você nem devia ter notado que eu tava te seguindo.

Ele solta uma lufada de ar pelo nariz e arqueia as sobrancelhas.

— Então tá *decepcionado* que eu te peguei? — Ele para à minha frente, no lado oposto do banco. Seu cheiro fortemente amadeirado preenche minhas narinas úmidas.

— Não usaria essa palavra exatamente — digo, ríspido.

— E que palavra usaria, então?

Bufo e encaro-o sem paciência.

— O que você quer, Lucas? — Apanho minha cueca do banco. — Preciso me vestir.

— E daí? Tá com vergonha de ficar pelado na minha frente?

— Se puder escolher, prefiro não ficar.

Ele gira sobre o próprio eixo, parando de costas para mim.

— Prometo que não vou olhar.

Posso sentir a malícia em sua voz.

— Diz o que você quer e dá o fora daqui, Lucas. Tô sem paciência nenhuma pra você agora.

O tatuado problemático se volta para mim novamente, o semblante mais sóbrio, quase dolorido.

— Tão hostil de repente. — Ele se senta no banco e passa as pernas para o meu lado, se aproximando tanto quanto pode, para meu descontento. Em seguida me encara de baixo, solícito. — Eu revirei o quarto ontem procurando pelo celular. Alguém roubou ele de lá, é a única explicação que tenho.

— Ou você só não tá querendo me ajudar.

— Para de tentar presumir minhas intenções.

Deixo um grunhido ecoar entre nós dois.

— Isso é difícil.

Lucas se levanta do banco e me mira do mesmo nível, próximo o suficiente para os tecidos em nossas cinturas se roçarem sutilmente.

— Eu não tenho mais aquele celular — murmura, firme —, mas vou arranjar uma forma de te ajudar, porque, acredite ou não, *quero* fazer isso.

Desvio o olhar do dele para a parede de armários à frente. Pondero sobre suas palavras, seu tom, seu corpo, por um tempo, até me lembrar da confiança cega que depositei numa entidade anônima que me manda bilhetes. Não vou repetir o mesmo erro com este garoto, confiando no que diz de maneira tão fácil.

Retorno a atenção a ele:

— Podia começar me dizendo onde tá prendendo meu

irmão — sussurro.

Seus ombros ficam rígidos diante da minha acusação. Sua mandíbula tensiona, *sinto seu corpo esquentar.*

— Cê ainda tá nessa? — Ele pulveriza mais alguns milímetros da distância entre nossos corpos, fazendo com que as gotículas de água sobre seu peito se misturem às gotículas sobre o meu. Através delas, sinto as vibrações dos batimentos acelerados de seu coração. — Você pode me acusar de muitas coisas, *ruivinho,* mas o que aconteceu com seu irmão não é uma delas. Quantas vezes vou precisar repetir que nunca nem conheci ele?

Fito-o com intensidade, sentindo a mesma atração magnética que senti ontem à noite, e que tanto lutei para não admitir. Suas íris são quase perfeitamente pretas, um oceano de desespero e escuridão, malévolo e cruel, no qual alguém desavisado e despreparado pode facilmente se afogar.

— Pode repetir quantas vezes quiser — sussurro de volta —, não vai me fazer mudar de ideia.

Meus olhos abaixam até seus lábios pelo mais frágil dos segundos, e parte do meu autocontrole se fragmenta.

Dou um passo para trás.

Ele dá um passo para a frente.

E outro.

E outro.

E outro. Até minhas costas encontrarem o metal frio dos armários, se arqueando espontaneamente. Nossos olhares não se descolam por um momento sequer. Lucas apoia um dos cotovelos ao lado da minha cabeça, e a outra mão perto da minha cintura, me enjaulando. Dessa vez, no entanto, não me sinto ameaçado. Na verdade, a coisa mais ameaçadora entre nós... é a minha ereção.

— Ele falou mesmo pra você não confiar em mim? —

pergunta suavemente.

Cerro os punhos e os pressiono contra minhas coxas, sem saber o que fazer com minhas mãos.

— Ele não me *disse* nada — explico. — Já te falei, ele me deixou um bilhete.

— Um bilhete com o meu nome?

Inspiro fundo antes de elaborar:

— Um bilhete escrito "Não confie em L", com a última palavra rasgada da folha.

Lucas se afasta um pouco, o semblante surpreso e severo.

— Você é inteligente o bastante pra saber que esse L pode se referir a literalmente qualquer pessoa da Masters que o nome comece com essa letra. Louis? Leonardo? — dispara Lucas. Fecho os olhos e tento relevar. É claro que ele vai tentar se defender. — *Liam?*

É só ouvir o nome na voz rouca de Lucas que o sangue começa a galopar em minhas veias.

Miro seus oceanos escuros:

— Qual o seu problema com o Liam?

— Por que cê desconfia automaticamente de mim, mas não dele?

Soco um dos armários atrás de mim.

— *O Liam é meu amigo* — praticamente rosno. — Você — encosto o indicador em seu peito, logo abaixo da clavícula, onde o músculo é mais túrgido e redondo — me socou e me enfiou debaixo da lona da piscina pra ser estripado.

Ele pressiona o peito contra meu dedo, e recolho minha mão ao lado do corpo novamente para que não seja esmagada. Sua pele pressiona contra a minha num atrito úmido e rijo, seu calor se mescla ao meu numa mistura confusa de intenções, seus lábios estão tão próximos que os meus se entreabrem espontaneamente, antecipando um toque que, enquanto eu tiver qualquer fração de autocontrole, nunca acontecerá.

— O Liam também é o filho do cara que controla este lugar — insiste Lucas. — Você mesmo disse: o desaparecimento do seu irmão foi planejado antes mesmo de chegarem aqui. Quem poderia ser um suspeito maior?

Uma sensação fria preenche meu estômago quando penso em Calvin.

— Não vou discutir o desaparecimento do meu irmão com você.

— Por quê? Por que não confia em mim?

— Exato — rebato, curto e grosso.

Em vez de se afastar, Lucas fica parado, analisando alguma coisa em meus olhos, então em meus lábios, meu peito, minha cintura, até o volume sob a toalha.

Engulo em seco, esperando um comentário ácido ou humilhante, e já preparo um milhão de respostas em minha mente.

No entanto, quando os dele retornam aos meus, seus olhos não são ardis ou jocosos, e sim petulantes, *indecentes*. Lucas se aproxima da minha orelha e diz:

— Você tá perto demais de alguém em quem não confia, então. — Viro o rosto para o outro lado, me concentrando na missão árdua de ignorar os arrepios que sua respiração causa em minha nuca. Ele não me dá muito tempo para fazê-lo, no entanto, e diz: — Não se faz de sonso, sei que sentiu o mesmo que eu ontem à noite. E sei que tá sentindo agora.

— Não senti porra nenhuma. E tenho certeza de que seu pau também fica duro em momentos aleatórios.

— Você é bem teimoso.

— E você é desprezível.

— Talvez eu seja. — Ele aproxima a própria testa dos armários atrás de mim, praticamente colando o corpo inteiro sobre o meu. Seu braço ao lado da minha cabeça se aproxima, e ele deposita a mão sobre minha cintura. Está me dando um abraço muito, muito estranho. Meu rosto fica encoberto por seu bíceps, sua bochecha encosta na minha. — E talvez seja isso que te faz ficar atraído por mim. — Então Lucas puxa minha cintura contra a dele, roçando nossas ereções.

— Agora você tá enlouquecendo mesmo.

— Estou?

— Está.

— A sua língua é tão mentirosa. — Ele segura meu flanco com força e fricciona nossas toalhas. — Mas o seu corpo é sincero. Qual dos dois eu devia ouvir?

— Você devia me largar antes que eu te dê um murro — digo, da boca para fora, pois não tenho certeza se ver seu rosto encoberto de sangue é realmente meu desejo mais profundo agora.

Meu coração reverbera dentro da caixa de ossos que o segura. Mordo meu lábio até senti-lo bem próximo de se partir. Inspiro e expiro com dificuldade, como se me faltasse ar nesse espaço largo, largo.

Lucas arrasta a bochecha sobre a minha até conseguir me encarar outra vez.

— O seu coração tá acelerado. Você tá mordendo o lábio, a respiração tá ofegante. — Contraio os dedos dos pés. *Droga.*

— A pupila tá dilatada.

— Falando como o bom psicopata que é.

Reteso a mandíbula, mas não por ódio, e sim por desejo. Um desejo totalmente errado, que eu deveria enterrar nas profundezas do meu peito e me certificar de que jamais viesse à superfície; mas Lucas desperta o pior em mim, e esse desejo é parte disso.

— Um beijo — suspira ele contra meus lábios. — Só um beijo. — É mais um pedido do que uma ordem, embora seja difícil discernir na voz grave e ríspida dele, que arrasta a última sílaba da palavra "beijo" como se fosse um desgraçado sedento em busca de água.

Em qualquer outra situação, eu riria e o afastaria para longe, sob a justificativa de que o odeio. Mas ódio é um sentimento complexo. Não é o oposto de amor, e sim complementar a ele, tão incontrolável quanto, tão enlouquecedor quanto. E mesmo meu ódio já se encontra débil, um mero rascunho do que já foi alguns dias, algumas semanas atrás.

Lucas tentou me matar na piscina? *Eu não sei.*

Lucas está por trás dos bilhetes de "C"? *Eu não sei.*

Lucas sequestrou meu irmão e está brincando com meus sentimentos? *Eu não sei.*

Porém, se isso é tudo um jogo, meu lance mais inteligente é me entregar a ele e esfolar a verdade de sua língua maldita quando tiver a oportunidade.

Sim. Isso. É essa a justificativa que vou usar para não permitir que a culpa por este desejo me consuma.

— Vai me soltar depois disso? — pergunto, fingindo até para mim mesmo que isso é algo que não quero.

— Vou — mente ele, de forma descarada, mas sua voz estilhaça o último fragmento do meu autocontrole.

Praticamente pulo sobre ele, envolvendo os braços em seu pescoço, esmagando meus lábios contra os dele. Suas mãos envolvem minha cintura, apertando minha lombar. Sinto o calor ardente em sua boca, o gosto doce de sua língua, as pequenas descargas de eletricidade de seus dedos. Ele desce a mão da lombar, e, antes que perceba, minha toalha está largada no chão.

Tiro a dele, e nos deitamos sobre o banco, sedentos demais para nos afastarmos, desejosos demais para impedir que a vontade nos consuma.

Você só está entrando no jogo dele, Andrew, tento repetir em minha cabeça enquanto transo, dentro das paredes do vestiário, com o cara que pode estar por trás do desaparecimento de Calvin, mas sei que isso não é inteiramente a verdade. E esse pensamento é moído e triturado sob o atrito de nossos corpos, afogado no suor que deixamos naquele banco, esmagado quando os músculos dele e os meus se tornam um só.

COELHO BRANCO

Depois que terminei com Lucas, saí do vestiário às pressas e fugi pelos corredores até a biblioteca. Não quero correr o risco de encontrar meus amigos bem agora e ter que explicar a eles que transei com o mesmo cara que me prendeu na piscina algumas noites atrás, algo que quase acarretou minha morte. Então, decido ocupar minha mente com o problema de "C".

Mesmo desconfiado, sinto um desejo visceral de manter as comunicações com a figura misteriosa. Se ele quer me ajudar – à sua maneira deturpada –, não posso me dar ao luxo de ignorá-lo. E se estiver mesmo apenas brincando comigo... então tenho a chance de capturar o desgraçado por trás de tudo isso com minhas próprias mãos. De uma maneira ou de outra, *preciso convencê-lo a se encontrar comigo.*

Passo pelo hall de entrada da biblioteca, onde dezenas de alunos se acomodam nas mesas redondas e estudam em silêncio sob a luz amarela do lugar. O sr. Jones está em seu balcão, lendo algo com uma lupa próxima aos olhos. Vincos profundos maculam sua testa, e o rosto está todo contraído enquanto se concentra.

Eu me encaminho em direção à estante de botânica. Durante o caminho, penso no bilhete que escreverei. Preciso parecer vulnerável e desesperado a ponto de convencer "C" de que poderá fazer o que quiser comigo caso nos encontremos – seja me matar, me manipular ou me mostrar outro segredo sórdido deste lugar. Nunca fui um bom ator, mas sou um bom escritor, então não será muito difícil.

Devido à pressa, não acendo os abajures nas paredes.

Alcanço a seção de Colter. Retiro o livro grande e pesado que estamos usando como caixa de correspondência e observo que, ao seu lado, ainda há o vazio deixado pela retirada do livro histórico da Masters – o livro que contém a data da morte de Elijah.

Abro o exemplar de botânica por hábito, não espero encontrar nada em seu interior. Afinal, nem sequer respondi ao último bilhete de "C". No entanto, um papel dobrado e amarelado cai aos meus pés.

Ele me escreveu de volta tão cedo?

Me agacho e apanho o bilhete, esquecendo o livro no chão ao lado. Abro-o.

"Então, sr. Rodriguez, o que acha de ter o Gasparzinho como melhor amigo? Ele é mesmo um camarada, ou só mais um espírito maligno coberto por um lençol branco? Isso certamente daria um bom roteiro de filme, se você conseguir escapar da Masters com vida para escrevê-lo. De que gênero seria? Fantasia? Realismo mágico? Não, sr. Rodriguez, isso não é uma fantasia, isso é a vida real. E você precisa mergulhar nas entranhas dela para achar seu irmão.

Já parou para pensar no motivo pelo qual esse colégio fica no centro de uma ilha no meio do nada? Quanto mais afastado está o rebanho, mais fácil para a matilha estripá-lo. Assim como um iceberg, o que está acima da superfície deste lugar é apenas a ponta. Pode imaginar os horrores que existem na parte submersa? No lugar onde a luz do sol não alcança e demônios correm livremente, como no próprio inferno?

Seus amigos podem tentar te persuadir, mas sei que você já está perdido na trilha por respostas, sr. Rodriguez. Agora que sabe que o desaparecimento de seu irmão foi orquestrado, está na hora de retornar ao subsolo... e encontrá-lo.

— C"

É o recado mais longo até então, e talvez o mais claro. Está me dizendo que Calvin está no subsolo. Devo acreditar nele? Ou está me atraindo para a armadilha que Elijah mencionou? Como "C" pode saber onde meu irmão está, se não foi ele próprio a sequestrá-lo? E o que ganha brincando comigo desse jeito?

Ainda concentrado no bilhete, apanho o livro de botânica do chão e me levanto.

A única explicação plausível é que...

— Ei.

— *Ah!* — Pulo para trás, amasso o bilhete em minhas mãos e derrubo o livro. Encaro com o assombro a figura de quase dois metros que surgiu do absoluto nada ao meu lado. — Droga — esbravejo —, vocês precisam parar de me assustar dessa forma. — Bato o pé e respiro fundo, me recuperando do susto.

— Desculpa — Liam abre um sorrisinho arrependido e fica cabisbaixo —, não foi minha intenção.

O filho do diretor então apanha o livro que deixei cair e me devolve. Bufo e devolvo o exemplar à estante. Agora preciso pensar um pouco mais na minha resposta a "C", então não vale a pena trazê-lo comigo. Sutilmente, coloco o bilhete amassado no bolso de trás da calça.

Liam me pega desprevenido quando pergunta:

— Quem te assustou? Roberto? Elijah?

E só então percebo que me referi ao susto de Lucas mais cedo. *Merda.*

— Não importa — respondo, mais grosso do que gostaria, e começo a caminhar de volta ao hall da biblioteca.

— Tava andando pelos corredores e tive a sensação de que te encontraria aqui —murmura ele enquanto me segue.

— Parece que tava certo.

— Procurando o livro de Colter de novo? — Liam fita a estante sobre os ombros.

— Digamos que sim.

— E agora não vai mais levá-lo?

— Digamos que não.

Ele não replica. Ficamos numa trégua de silêncio momentânea, na qual os únicos sons que chegam aos ouvidos são os de nossos passos, até ele declarar:

— Você tá mais misterioso do que o normal.

Reteso a mandíbula, reavaliando nosso encontro até então. Estou fazendo um péssimo trabalho em fingir que a coisa toda com Lucas não aconteceu. *Imagina só quando encontrar Elijah.*

— Foi mal. — Reviro os olhos. — Só tô com coisas demais na cabeça agora.

— Coisas relacionadas ao que descobrimos na floresta, suponho? — indaga Liam. É a primeira vez que nos falamos desde aquele dia. — Tentei conversar com meu pai sobre isso, mas, como esperado, o sr. Davies está ocupado demais para falar com o próprio filho. — A voz fica cada vez mais tensa ao longo das palavras.

— Seu pai é muito estranho.

— Eu sei.

— Não que o meu seja muito melhor — me apresso a corrigir —, mas ao menos o Calvin e eu sempre tivemos um ao outro pra suportar a negligência dele, o que deixava as coisas menos piores na maior parte do tempo. — E me lembrar desses momentos com meu irmão é como enfiar uma faca no meu próprio peito e então arrastá-la de axila a axila, abrindo uma fenda nessa maldita caixa de ossos e sentimentos.

— Gostaria de ser próximo de algum dos meus irmãos do jeito que vocês dois parecem ser — diz o filho do diretor, num tom de lamento que faz meu peito apertar mais ainda.

Mas agora você tem a mim, penso em dizer, mas algo me impede. *Ele tem a mim?* Considerando que acabei de transar com outra pessoa, e que não pensarei duas vezes antes de dar no pé deste lugar com meu irmão quando finalmente resgatá-lo... A resposta é bem simples.

O Liam vai me perdoar quando eu o abandonar aqui?

— Espero que as coisas melhorem logo. — É o que digo para consolá-lo. E não parece ter muito efeito.

— Não acho que vão — replica, o corpo contraído, a nuca curvada para baixo, observando os próprios pés. — Pelo menos agora tenho você.

Um gosto amargo me sobe à boca. *Ele leu meus pensamentos?*

Me forço a sorrir e assentir, enquanto a hipocrisia me queima por dentro, cozinhando minhas tripas.

— Mas tem uma coisa que preciso conversar com você. — Mudo de assunto rápido e dissolvo o sorriso falso.

— O que foi?

— É sobre o seu pai.

— Meu pai?

— Ouvi algumas... *histórias.*

A voz de Lucas na noite anterior se repete em looping na minha mente.

Liam segura meu ombro e me impede de continuar andando. Ficamos parados no corredor, envolto por penumbra, a vários metros do hall de entrada da biblioteca.

— Que tipo de histórias? — Há uma curiosidade fria em sua voz.

Umedeço os lábios e sussurro:

— Que ele nunca está disponível pra conversar e nunca aparece em público porque é algum tipo de monstro, uma entidade, algo do tipo.

Assim que ouço as palavras saindo da minha boca, percebo como soam absurdas. Espero que Liam dê uma gargalhada alta e sincera, mas não é isso o que faz.

— E você acreditou nisso? — questiona ele, com o cenho franzido, a sobrancelha trêmula e os lábios semiabertos. *Está magoado.*

— Você viu o mesmo que eu no lago. Nós dois sabemos que monstros existem aqui. E você precisa admitir que essa coisa toda do seu pai nunca ter tempo pra nada é suspeita.

Ele morde o lábio inferior e balança a cabeça em descrença, fitando a parede com os abajures apagados.

— O que você tá sugerindo, Andrew?

— Que há algo errado com seu pai — vou direto ao ponto. — E, se há mesmo, gostaria que me contasse, já que ele pode estar envolvido no desaparecimento do meu irmão.

— Você só pode estar de brincadeira.

— Parece que tô brincando, Liam?

— Meu pai é muitas coisas, Andy — retruca, num tom mais sério e me chamando assim pela primeira vez, então ele me encara de novo. — É um babaca, um pai ausente, grosso e não se importa com os alunos da escola, mas ele nunca, *nunca* machucaria alguém. Eu o conheço minha vida toda.

— E que diferença isso faz? Acha que assassinos também não têm famílias? Filhos?

Liam inspira fundo.

— Meu pai não é um assassino — afirma ele, com a voz fanha, quebradiça como uma folha de vidro.

Noto claramente que o machuquei, assim como fiz com Elijah. Tento não prestar atenção no remorso e no pesar que me assolam, e sim em descobrir a verdade.

— Talvez o homem que você *acha* conhecer não seja um assassino, mas como pode saber que ele simplesmente não usa uma fachada pra esconder seu verdadeiro rosto?

— *Porque ele é meu pai, droga* — vocifera Liam. — Você não conhece ele como eu, então não saia por aí atirando acusações sem ter provas.

— Atirar acusações é literalmente a única coisa que posso fazer aqui, Liam — rebato, calmo e contido. O filho do diretor fecha os olhos e os aperta com os indicadores. — Só espero não descobrir que seu pai tá envolvido nisso tudo, e que você mentiu pra mim.

Dou-lhe as costas e retomo a caminhada em direção ao hall de entrada.

— Não tô mentindo pra você. — Liam corre até ficar à minha frente e me para outra vez. — Desconfie o quanto quiser do meu pai, mas confie *em mim*. Ele não é a pessoa que estamos procurando.

Encaro seu rosto por um longo instante, tentando captar qualquer vacilo de desonestidade. Mas, assim como Elijah mais cedo, não há nada além de um garoto machucado tentando se defender.

Eu devia ganhar um troféu por ser o amigo mais merda do mundo.

Mas essa pequena pausa na discussão me faz concluir uma coisa: talvez eu não precise encontrar "C" pessoalmente para descobrir sua identidade. Na verdade, ele já me deu todo o material necessário para conduzir minha investigação.

Assinto para Liam e, então, continuo o caminho, o plano se encorpa mais em minha mente a cada passo que dou. *Talvez consiga colocá-lo em prática hoje mesmo.* O garoto de quase dois metros me segue calado e afastado.

Assim que alcançamos o hall, Elijah e Roberto praticamente saltam sobre nós.

— Ei, te procuramos por todo canto depois da aula de educação física. — O outro loiro, Elijah, dispara, os olhos arregalados, e me dá um tapa no ombro. — Tínhamos combinado de estudar juntos, esqueceu?

Um flash do corpo suado de Lucas sobre o meu cruza minha mente de forma inoportuna.

Limpo a garganta.

— Tive um imprevisto, mas agora está tudo bem.

— Oi, Liam — cumprimenta Elijah. Liam se limita a um balançar de cabeça. Então, Elijah retorna a atenção a mim:

— Eu conheço essa expressão.

— O quê? — Pisco rapidamente, tentando entender de que expressão está falando. *Não é possível que eu seja tão transparente.*

— Sei que tá planejando algo.

— Nem tô.

— E tá mentindo também? — Elijah semicerra os olhos e cruza os braços. — Andrew Rodriguez, você prometeu que nos envolveria nos seus planos depois do que ocorreu na piscina.

Pondero insistir na mentira, mas talvez Elijah fique chateado. Ele já sabe que há algo estranho ocorrendo desde o meu sumiço depois da aula de educação física. E, entre dois grandes males – o plano para descobrir a identidade de "C" e a transa com Lucas –, prefiro mil vezes que descubram o primeiro.

— Tudo bem. — Expiro fundo. — Eu quero entrar na sala do Colter — confesso.

— Por quê?

— Por causa disso. — Retiro o bilhete do bolso e o entrego a Elijah. Liam passa para o lado dos meus amigos e os três, juntos, o leem. — Tenho quase certeza de que ele tá por trás do desaparecimento do meu irmão, mas não posso sair atirando acusações sem ter prova. — Miro o filho do diretor de relance, e ele me mira de volta.

Imediatamente, vejo que Elijah fica desconfortável com o conteúdo do bilhete, a animação do rosto se derretendo, o sorriso jovial se desmanchando, o brilho nos olhos se apagando.

— Não liguem muito pras palavras, e sim pra forma como foram escritas — explico.

— O que tem a ver? — Roberto franze o cenho.

— Todos os bilhetes que ele me enviou foram escritos à mão, em letras cursivas. O Colter escreve em letras garrafais no quadro e nos testes. — Engulo em seco e faço uma breve pausa. — Preciso entrar na sala dele e procurar algo que tenha escrito em letras cursivas, pra comparar à letra dos bilhetes. — Os três me encaram à medida que chegam à mesma conclusão que eu. — Se forem as mesmas, então teremos "C" em nossas mãos.

***

Botamos o plano em prática na mesma noite.

Esperamos até o jantar ser encerrado e, depois, mais uma hora por segurança. Roberto tenta vigiar os passos do zelador, mas o perde de vista numa ronda no primeiro andar. Isso é uma boa notícia, já que a sala de Colter fica no segundo. Mesmo assim, vamos precisar contar com um pouco de sorte para sairmos ilesos da empreitada.

Quando a escola inteira vira um breu, nos esgueiramos com cuidado pelos corredores, sob as luzes da minha lanterna, até o corredor da sala do professor de botânica. Deixamos nossos sapatos nos quartos para garantir que não faremos barulho, e o chão frio castiga nossos pés desprotegidos pela ausência de meias.

Alcançamos a sala do sr. Green. Roberto e Elijah ficam de guarda em cada uma das extremidades do corredor, para nos alertar de qualquer aproximação, enquanto Liam e eu nos encarregamos de invadir a sala. Enquanto estamos nos afastando, Elijah diz entredentes:

— *Sejam rápidos.*

Eu sei que está nervoso com a possibilidade de ser pego, mas foi decisão *dele* me acompanhar. Penso em dizer isso, mas seria apenas tempo gasto à toa, então assinto e sigo com meu trabalho.

Quando desenvolvi tanta antipatia pelo Elijah? O pensamento cruza minha mente enquanto me agacho em direção à fechadura da porta trancada. *Não é como se eu quisesse pensar nessas coisas, mas elas me vêm sem serem convidadas.* Abandono a lanterna no chão. Retiro meus clipes de metal e o canivete do bolso. *Talvez minha confiança nele tenha mesmo se quebrado desde que encontrei seu rosto naquele livro.*

— O que cê tá fazendo? — sussurra Liam ao me ver trabalhando no buraco da fechadura.

— Um truque que aprendi com oito anos — murmuro e, logo em seguida, ouço um clique.

Eu me levanto e abro a porta, com cautela, como se sentisse que há um monstro me esperando logo atrás dela.

Mas não há. E, como esperado, a sala de Colter está escura e fria. Sem a lanterna, não conseguiríamos ver nada. Entro primeiro, e Liam me segue logo atrás. Há um pequeno abajur na mesa, o filho do diretor o acende, melhorando a visibilidade, mas não o suficiente para denunciar nossa presença a qualquer um que passe pelos corredores.

Exploro o ambiente. Há uma mesa de canto com alguns livros apoiados, cercada por duas poltronas. Algumas réplicas de quadros expressionistas penduradas nas paredes. Samambaias em vasos suspensos. Três estantes pequenas de livros. Tudo muito bem organizado, mas nada fora do comum. É quase decepcionante. *Imaginei que, logo ao entrar na sala, veria algo que o denunciasse.* Liam averigua as estantes e os livros presentes nelas. *Está perdendo tempo.* Me aproximo da mesa principal, onde está o abajur, alguns papéis e canetas. Analiso as folhas. São testes, todos impressos. *Droga.*

Então dirijo a atenção às gavetas sob a mesa. Abro a primeira; mais papéis impressos e um livro pequeno. Apanho-o e leio o título. *Pequeno guia de bolso sobre plantas subaquáticas.* Reviro os olhos.

Abro a segunda gaveta e, imediatamente, meu coração para. Observo seu conteúdo sem conseguir mover um dedo, sentindo meu estômago se revirar. Por fim, consigo apanhar a primeira folha de papel nas mãos. Não passa do retalho de uma página de livro. O retalho que eu reconheceria em qualquer lugar, *porque tenho sua parte complementar.*

— O que é isso? — Liam nota meu interesse pelo retalho e se aproxima.

Respondo numa voz tão baixa que ele precisa se inclinar em minha direção para compreender:

— É a outra parte da página que o Calvin me deixou antes de desaparecer — fito Liam —, na qual me avisou pra não confiar no Lucas. — E, quando essas palavras saem, rasgam minha garganta. Preciso lutar para não me engasgar com meu próprio sangue.

Encaro o pedaço de página novamente, e é como se eu pudesse vê-lo completo, junto ao retalho que Calvin deixou para trás. Quase consigo visualizar o nome de Lucas escrito em sangue na folha. *Quase*, pois não tenho mais certeza. Se Colter é o filho da puta por trás do desaparecimento do meu irmão, então por que me diria para não confiar em *Lucas*?

Nada parece fazer sentido.

— Já parou pra pensar que Colter Green pode não ser o nome verdadeiro dele? — Ouço a voz de Liam e levo alguns segundos até entender o que disse. Quando entendo, outra vez fico incerto se ele tem ou não a capacidade de ler meus pensamentos.

Encaro-o.

— O que cê quer dizer?

O loiro dá de ombros e puxa a folha de uma samambaia, arrancando-a, distraído.

— Talvez ele tenha outra identidade, e seu nome verdadeiro começa com "L". Seu irmão descobriu isso, e o Colter se livrou dele — diz casualmente. — O Calvin era gay?

Inspiro fundo, surpreso.

— O que isso tem a ver?

— O Colter é gay — Liam caminha até a mesa e se apoia nela com as duas mãos, estendendo os braços —, isso é consenso pra todo mundo, certo? — Arqueia as sobrancelhas. *Ele é?* Não sei. Nunca pensei nos professores dessa maneira. *Eu acho?* Mas nunca afirmaria algo sobre a sexualidade de alguém sem ter certeza antes. — E se... — continua o filho do diretor, num tom sugestivo — ... eles se envolveram na noite da festa, o Calvin acabou descobrindo a outra identidade do sr. Green, e então ele arranjou um jeito de silenciá-lo.

A insinuação faz minha cabeça girar.

— Isso é insano.

— Talvez não conhecesse seu irmão tão bem quanto achava. — Há um desdém ácido em sua voz, muito estranho ao Liam que achei conhecer.

Contraio os lábios.

— Isso ainda é sobre o que falei sobre o seu pai? Se você tivesse no meu lugar, também desconfiaria dele, Liam. Não tô te acusando, tô acusando *ele*.

— É praticamente a mesma coisa.

Bufo.

— Escuta, se você não quer me ajudar, então só vai embora. Posso fazer isso sozinho.

E vejo a malícia em sua expressão se desfazer rapidamente.

— Desculpa, eu quero ajudar. Só que ainda estou encucado com aquilo, mas entendo seu lado.

— Bom. — Reviro os olhos e guardo o retalho de papel no bolso da minha calça.

— O que tô dizendo é — continua ele — que o Calvin fez algo a alguém para que se livrassem dele dessa forma. Talvez não ao Colter, mas a algum outro professor. — Ele se vira de costas e começa a caminhar pela sala. — *O Benjamin*, talvez.

Outra insinuação que soa ridícula aos meus ouvidos.

— Não. Benjie, não. Eu confio nele.

— Confia nele porque te tratou bem, ao contrário do Colter que sempre foi um cuzão com você. Já pensou que ele só pode estar tentando tirar o dele da reta? — Liam cruza os braços. — Fazer o papel do professor bonzinho, que jamais faria mal a um aluno?

Entreabro os lábios para rebater outra vez, mas então pondero mais acerca do que falou, e sobre o que já escutei a respeito de situações parecidas.

— Psicopatas têm mesmo facilidade em manipular pessoas. — Deixo o pensamento escapar e reanaliso todas as minhas interações com Benjie. *Será que ele tá por trás de tudo isso? Será que tá trabalhando com o Colter?*

Continuo investigando a gaveta. Há mais uma pilha de folhas impressas. Retiro-a de lá e a abandono sobre a mesa. O pequeno compartimento fica praticamente vazio, exceto por uma foto. Apanho-a e a ilumino com a lanterna, observando cada detalhe da cena retratada.

É uma turma da Masters em trajes de graduação. Reconheço o salão de festas e o logo estampado nas batas. *Por que o Colter teria a foto de uma turma em suas gavetas?*

Percorro os olhos sobre cada um dos rostos na imagem. Reconheço três deles, bem ao centro, posando lado a lado. O choque me faz dar um passo vacilante para trás. Liam percebe e logo se aproxima até ficar ao meu lado, observando a foto. Leva um minuto inteiro até reconhecer os rostos familiares.

— O Colter estudou aqui também? E o Benjie? — indaga.

— Sim. — Engulo em seco. — Na mesma turma do meu pai — digo pausadamente, os olhos fixos na face do indivíduo que conheço tão bem no centro da imagem, parado entre os dois homens que viriam a se tornar meus professores. A foto treme nas minhas mãos. Liam me observa com o semblante confuso. De modo súbito, chego a uma conclusão: — E se estiver se vingando de algo que meu pai fez no passado? Isso não pode ser coincidência.

Bem próximo de mim, o filho do diretor abre a boca para responder algo, mas logo é interrompido. Passos rápidos se aproximam da porta da sala, até uma figura praticamente pular no espaço aberto, se apoiando na parede.

— *Cuzão!* — grita Roberto do lado de fora, correndo, e quando chega na sala, empurra a figura para dentro.

— Você é lento demais — rebate o garoto invasor em tom jocoso, o sorriso largo em sua face ofegante por causa da corrida abre duas covinhas em suas bochechas. *Eu conheço essas covinhas bem demais.*

— Lucas? — questiono, e me afasto de Liam, caminhando até a figura na porta. — Que porra cê tá fazendo aqui?

Ele respira fundo algumas vezes e apoia uma mão na cintura. Me lança um olhar safado.

— Pensou que era o único *stalker* na escola?

— *Stalker?* — Liam se intromete na conversa.

Roberto bufa e dá meia-volta, retornando ao posto de guarda no corredor.

— Não é nada — respondo a Liam. Ele também se aproxima de Lucas. Fico no meio dos dois.

— Tem certeza? — incita Lucas, o sorriso se tornando sugestivo.

Liam se irrita.

— Cara, só dá o fora daqui. — Ele se projeta sobre o tatuado na porta, mas espalmo seu peito e consigo pará-lo.

— Quer terminar o que começamos no refeitório, filhinho de papai? — Lucas também faz menção de se aproximar, mas obstruo seu caminho com meu outro braço.

Os dois nem sequer me dão atenção, se fuzilando com olhares ameaçadores e punhos cerrados.

— *Vocês dois, parem* — ordeno. Empurro os dois para trás e deixo uma lufada de ar impaciente escapar pelo nariz. Me dirijo a Lucas: — Você me seguiu até aqui?

Ele cruza os braços sobre o peito, abrandando o olhar.

— Sabia que você ia fazer alguma coisa idiota.

— Do que cê tá falando? — Liam se intromete outra vez. *Meu Deus.*

Lanço um olhar de reconhecimento ao filho do diretor sobre os ombros.

— Eu pedi o celular dele emprestado depois que você me falou que ele era o único cara da escola que tinha um.

— Então foi *ele* que te contou sobre o celular? — esbraveja Lucas, erguendo o tom de voz. Em seguida dá um passo na direção de Liam, erguendo o queixo e estufando o peito.

— Como você descobriu isso? — Também encaro Liam. *Essa é uma boa pergunta.* Ele fica em silêncio, no entanto. — Fala, ou seus dentes vão sentir o gosto dos nós dos meus dedos de novo.

— *Já chega* — vocifero. — Não temos tempo pras briguinhas infantis de vocês. — Inspiro fundo e dou uma boa olhada na sala outra vez. Me aproximo da mesa e guardo a pilha de papéis impressos de volta na gaveta, mas mantenho a foto em minhas mãos, guardando-a no bolso, junto ao retalho de papel, em seguida. Apago o abajur. Caminho a passos pesados na direção de Lucas e o puxo para fora da sala pela camisa. *Tocá-lo está ficando familiar demais.* — Vamos sair daqui.

— Ainda não encontramos o que viemos procurar — protesta Liam, ainda dentro da sala.

— E o que seria isso? — murmura Lucas, baixo, para que somente eu o escute.

— Eu te conto depois — murmuro de volta, no mesmo volume.

— Vocês tão sussurrando agora? Esqueceu que ele tentou te matar? — Liam finalmente sai da sala, a voz numa mistura de raiva e preocupação.

Das extremidades dos corredores, Elijah e Roberto observam a cena.

— Tentei matar coisa nenhuma — replica o tatuado.

— Já encontramos o suficiente por aqui. — Me dirijo a Liam. — Se insistirmos, vamos acabar sendo pegos, e aí o Colter poderá cortar minha garganta sem nem sequer precisar desaparecer com o corpo primeiro — digo, sóbrio e angustiado pelo barulho que estamos fazendo. Passo por Liam e puxo a maçaneta da porta, fechando-a. Em seguida, me agacho e, com a ajuda dos clipes de metal e canivete, tranco-a. — Vamos! — digo a Elijah, que está na direção contrária do corredor. Em seguida, começo a correr de volta ao dormitório. — Você também. — Puxo Lucas pelo braço.

— Gosto quando você me pega assim — balbucia ele, naquele tom cínico insuportável.

Deixar que Colter corte minha garganta não soa mais como uma ideia tão ruim. Ao menos, me pouparia de ter que lidar com esses dois.

* * *

Todos corremos de volta ao meu quarto. Acomodo Liam, Roberto e Elijah no cômodo, e então puxo Lucas para fora, até uma parte do corredor afastada o suficiente para que meus amigos não nos ouçam. Tenho que forçar meus olhos sob a escuridão para encarar o garoto à minha frente.

— O que cê foi fazer lá? — questiono, bem baixo. Estou de frente para a porta do quarto, atento a qualquer movimentação dos garotos lá dentro.

Lucas retira algo da parte de trás da calça.

— Fui contar que te arranjei isso. — Ele estende um celular em minha direção.

Pego-o de suas mãos e o analiso. É pesado, com uma tela pequena, botões e uma antena enorme. Não parece um iPhone ou qualquer aparelho feito nos últimos cinco anos. Na verdade, exceto pela antena, chutaria que se trata de um Blackberry.

— Onde conseguiu?

— Seu namorado não sabe de tudo — responde, com uma piscadela debochada. Lucas se apoia na parede com um dos braços, tão próximo de mim que consigo sentir o calor de seu corpo em meio à noite fria. Então arqueia as sobrancelhas e me encara de baixo. — Não sou o único que contrabandeia celulares pra dentro do colégio. Esse aí é do Leo — explica, como se fosse a coisa mais óbvia do mundo.

Giro o aparelho em minhas palmas. Aperto um dos botões, e a tela se acende. *Ao menos está funcionando.* Deixo escapar um suspiro de alívio.

— Como vocês conseguem trazer essas coisas aqui pra dentro, caralho?

Lucas faz uma careta de desconforto, entreabrindo os lábios e cerrando os dentes.

— Você não vai querer saber.

A julgar por sua cara, talvez não queira mesmo. Então, apenas o abraço.

— Obrigado.

Ele envolve minha cintura e afunda o rosto no espaço entre meu pescoço e o ombro. Quando nos afastamos, avisa:

— Faz o que tem que fazer rápido. Preciso devolver isso pro filho da puta ainda hoje.

Assinto.

— Como tem sinal daqui?

— Funciona por satélite. — Ele dá dois toques na antena, e então a estrutura arcaica do aparelho passa a fazer sentido. Lucas aponta as escadas no fim do corredor. — Vai pra cobertura, lá você vai ter menos instabilidade.

Assinto mais uma vez. Uma sensação gélida preenche meu estômago. *Finalmente vou falar com o meu pai.* Escondo o aparelho no bolso. Puxo Lucas de volta ao quarto e o atiro no interior junto aos outros três garotos.

— Elijah, conta pro Lucas tudo o que aconteceu desde o desaparecimento do Calvin.

— O quê? — reclama ele. — Você confia nele?

Disparo um último olhar de agradecimento ao tatuado antes de balançar a cabeça.

— O suficiente. — Viro de costas. — Volto logo.

***

Durante o caminho todo até a cobertura, a gelidez em minhas entranhas se acentua. É uma mistura de euforia e nervosismo;

de ansiedade e medo. Uma parte autodepreciativa de meu cérebro me diz que isso nunca funcionará, mas tento ignorá-la. Em meu coração, estou certo de que, assim que ouvir a voz de meu pai novamente, esse pesadelo vai acabar.

Faço o mesmíssimo trajeto que Liam me mostrou na noite em que nos beijamos e, em alguns minutos, abro a porta que leva ao telhado. A brisa da noite me açoita, os ventos estão particularmente violentos. Meus lábios ficam ressecados e pisco várias vezes para umedecer meus olhos.

Corro até o balaústre que me dá a vista mais próxima do oceano. A lua está brilhante e imponente no céu anil, derramando um reflexo alongado nas águas tumultuosas, pintando a copa das árvores de um verde profundo. Apanho o celular outra vez. Abro o discador, digito o número do celular do meu pai. Confiro várias vezes a sequência na tela para garantir que está exatamente como me lembro, e então aperto o botão de chamar.

Devia ter perguntado a Lucas o que esperar de uma ligação por satélite, já que nunca fiz ou pesquisei como funciona, mas, para minha surpresa, a chamada é conectada normalmente, apenas com um longo tempo de espera.

Minha boca seca. Com a mão livre, me agarro no mármore álgido e castigado do mezanino, o olhar fixo no horizonte. A chamada toca.

Por favor, atenda.

Toca mais uma, duas, quatro vezes.

Fecho os olhos, apertando as pálpebras até doerem. O que farei se ele não me atender?

Por favor. Por favor. Por favor. Por favor.

Cinco, seis.

Por favor, pai.

Abro os olhos e, no sétimo toque, percebo algo estranho no horizonte. Na praia, há uma mancha escura, grande e sólida, que parece balançar junto com as ondas. Levo alguns segundos até perceber que se trata de um navio pequeno.

E, sem muita chance de analisar a situação, meu pai atende no oitavo toque.

Todos os meus músculos enrijecem.

— Pai? — digo, absorto num tipo de calma desesperada. Dou meia-volta na direção oposta ao oceano, encarando o chão da cobertura. — *Pai?*

Do outro lado, ouço um estrondo estático, como uma voz distorcida, no começo muito alto, mas que logo perde volume.

Após alguns segundos, a voz do meu pai, grave e familiar, soa claramente:

— Alô? Quem está falando?

Aperto meu peito e as lágrimas já começam a se derramar, desenfreadas, atormentadas. São tantas que não consigo sequer falar, apenas gemer e me encolher. *Estou salvo.*

— Alô?

— Sou eu, Andrew — digo entre uma respiração ofegante e outra. Quando consigo me recompor minimamente, suplico: — Pai, preciso da sua ajuda.

Enxugo a umidade no meu rosto com a manga do terno. Quase consigo enxergar o rosto do meu pai do outro lado, em nossa sala de estar ou em seu escritório no gabinete do Governo.

— Espere um pouco — diz, e concordo com a cabeça. Sua voz soa arisca de um jeito estranho, provavelmente porque não entende como consegui um celular nesse lugar. Após um instante, pergunta: — Andrew? Quem é você?

E é como receber um soco bem no queixo. Meu coração dispara e minhas mãos começam a suar, mesmo sob o frio cruel dessa noite.

— Como assim? Pai, sou eu. Andrew. Seu filho.

Tento não soar vacilante demais, aproximar minha voz da que ele estava acostumado a ouvir. Talvez a ligação por satélite esteja causando interferência e ele não esteja me reconhecendo.

Mas então... *como a ligação pode estar soando tão limpa para mim?*

— Me desculpe — diz, com um tom penoso —, você deve ter ligado para o número errado.

— O quê? O que tá acontecendo? — Começo a me desesperar. — Pai?

— Isso é uma pegadinha? Não tenho filhos. Muito menos um chamado Andrew.

O mundo gira por um minuto inteiro, e preciso me segurar no balaústre para não cair.

— Pai? — insisto, desnorteado, vendo minha única chance de escapar deste lugar sendo triturada por uma razão que não compreendo. — Não. Por favor, não. — Volto a chorar. — Sou eu.

— Não sei que tipo de jogo está fazendo aqui, garoto, mas já é tarde da noite, e vou desligar. Faça o favor de não ligar de volta.

— Por favor...

A ligação é encerrada com rispidez.

Fico parado, os olhos arregalados e o aparelho preso ao ouvido, incapaz de mover um músculo, sem um pensamento racional sequer na mente.

Que droga acabou de acontecer?

Devagar, afasto o celular e visualizo a tela. Sinto um gosto metálico e salgado na ponta da língua. Toco meus lábios. Estão sangrando, rachados pelo frio.

O que aconteceu com o meu pai?

Me viro na direção do oceano outra vez, acumulando alguma coragem para refazer a ligação. Meus olhos vagueiam direto ao navio na praia e, então, às luzes estranhas se movendo no interior da floresta. Estou longe demais para identificar sua fonte, mas, pela coloração, chutaria se tratar de tochas. São muitas, tantas que não consigo contar, e estão trilhando um caminho reto em direção à academia Masters.

Aperto o celular com força em minhas mãos.

Não sei o que a ligação, o navio ou aquelas luzes significam, mas, no fundo do peito, sei que tudo isso indica que meu tempo está se acabando.

Preciso encontrar o Calvin logo.

E, aparentemente, estou sozinho.

AÇÃO CRESCENTE

Durante os dias seguintes, continuo me comunicando com "C". Trocamos seis bilhetes, sem avançar a lugar algum. Pergunto a ele o significado do navio ancorado na praia, das tochas na floresta, o motivo pelo qual meu pai agiu tão estranho na ligação, a razão pela qual a foto de Elijah estava no livro histórico da Masters, se há alguma ligação entre o que está acontecendo agora e algo que ocorreu quando meu pai estudava aqui. Pergunto tudo, e ele não me responde nada. Apenas segue me persuadindo a voltar ao subsolo, em busca do meu irmão, com mensagens cada vez mais distantes e enigmáticas, como se estivesse perdendo o interesse em mim.

"C" *está se tornando inútil*. Já não sei se encontrá-lo pessoalmente traria algum benefício, então escolho recuar do plano.

Escondo tudo o que aconteceu de meus amigos. Sei que essa decisão trará consequências no futuro, mas por ora preciso pensar nisso sozinho.

Meu último recurso é investigar o livro histórico da Masters atrás de qualquer pista que me ajude, por isso o levo para todos os lugares, os olhos grudados nas páginas. Mas faltam apenas cem páginas para o fim e não encontrei nada que me dê qualquer sinal do que está acontecendo aqui, apenas textos institucionais tediosos e depoimentos pedantes – além, claro, da fatídica página com a data de morte de Elijah.

Sinto que vou enlouquecer.

As aulas parecem durar duas vezes mais do que o usual, como se o tempo tivesse ficado mais lento. Mesmo as de Benjie agora são um sofrimento para suportar – *e olha que história da América é minha matéria preferida.*

Me sento na última cadeira da fileira mais próxima da porta, meio escondido, orando para que o professor que estudou com meu pai não se aproxime nem me veja lendo o livro da Masters em sua aula.

Na frente da classe, ele discursa sobre a Festa do Chá de Boston, que escuto sem prestar atenção enquanto me concentro em mais um texto institucional sobre a arquitetura do colégio. O sinal toca e me sobressalto, pego de surpresa, como se despertasse de um sonho. Quando volto os olhos ao quadro, encontro os do sr. Torres me encarando de volta, sérios e misteriosos.

Merda. Estou fodido.

Jogo o livro da Masters e meus outros materiais de qualquer forma na mochila e espero Benjie terminar seu discurso, prestando atenção dessa vez.

— Para a próxima aula, vou precisar que todos vocês tenham estudado previamente os capítulos cinco e seis de seus livros didáticos, já que quero testar uma abordagem mais prática. Tenham um ótimo fim de semana. — Ele se vira de costas e começa a apagar o quadro. Os alunos começam a se levantar para sair. Faço o mesmo, mas, quando estou tão próximo da porta que mais um passo me levaria ao corredor, ouço o chamado atrás de mim: — Sr. Rodriguez? Poderia esperar um pouco e conversar comigo, por favor?

Fecho os olhos e mordo o interior da bochecha.

Dou meia-volta bem na hora que Elijah e Roberto passam por mim e sigo o contrafluxo dos alunos até me aproximar da mesa do professor na frente da sala.

Esta realmente não é uma boa hora, Benjie.

Completamente impaciente, bato o pé e cruzo os braços, esperando-o terminar de apagar as palavras escritas no quadro. Quando se volta a mim, não me dá muita bola. Se senta na cadeira, limpa as mãos num dos lenços descartáveis sobre a mesa e então o atira na lixeira de metal ali perto.

Então me indica a primeira cadeira da fileira mais próxima. Pondero recusar o convite, mas percebo que isso seria ultrapassar a linha tênue entre impaciência e grosseria.

Por fim, me sento.

— O que aconteceu? — começo.

Ele limpa a garganta e se recosta na cadeira, as íris claras fixas nas minhas, sua barba castanha por fazer parecendo dourada enquanto reflete os raios quiescentes de sol do crepúsculo que vaza na sala pelas janelas.

— Estive conversando com o sr. Jones sobre alguns exemplares raros disponíveis no acervo da biblioteca, e ele me informou sobre um desaparecimento recente — diz, em seu tom calmo e conciso de sempre. — Um que me deixa muito preocupado, já que se trata de um volume único e que não possui cópias. Você sabe de que livro estou falando, Andrew?

— Não tenho ideia.

— Isso é engraçado. — O professor estreita os olhos e inclina o pescoço para o lado, algum cinismo reluzindo em seu rosto. — Tive a impressão de vê-lo carregando esse exemplar pra cima e pra baixo pela escola nos últimos dias, como se pertencesse a você. Não me entenda mal, fico feliz que esteja interessado na história da Masters, mas existe apenas um livro como aquele, e vou precisar pedir que o devolva à biblioteca.

Sei que ele está certo. Praticamente roubei o livro desde o bilhete de "C". Porém, há algo em sua postura e em sua voz que me tiram do sério. Não parece mais o Benjamin que achei conhecer, e sim uma versão aguada e insossa de Colter. *É a primeira vez que o vejo repreensivo, afinal de contas.* Mesmo assim, teimo:

— Já disse: não tenho ideia do que está falando.

— Andrew... — Ele suspira e faz uma careta de decepção. Estende a mão aos meus materiais largados no pé da cadeira. — Me dê sua mochila.

— Nem pensar.

— Me dê a mochila — repete, mais ríspido. — Ou prefere ficar de detenção com Colter durante o fim de semana inteiro?

A ameaça faz um calafrio atravessar minha espinha. Preferiria arrancar meus próprios olhos a ficar de detenção com Colter outra vez. No semblante de Benjie, não há nem uma sombra vacilante sequer, uma mísera indicação de blefe. Meu esôfago queima. *Já tô de saco cheio desse maldito livro mesmo.*

Apanho minha mochila, descanso-a sobre as coxas, abro o compartimento central e retiro o volume de quase mil páginas que preenche quase todo seu interior. Atiro-o sobre a mesa do sr. Torres, provocando um leve tremor por toda a sala.

Benjie se inclina para trás, os olhos fixos no livro. A expressão é de contemplação, parece cauteloso em tocar na coisa. Tudo indica que é mesmo um tomo especial.

Penso em dar o fora da sala nesse momento, mas, quando menos espero, Benjamin murmura:

— Sabe... quando estudava aqui, costumava matar algumas aulas e ficar na biblioteca, lendo. O sr. Jones sempre foi meu amigo, então nunca me denunciou. Muitas vezes, eu pegava esse livro em específico e lia sobre a construção do castelo, a vida de Woodrow, os feitos de todos os alunos que já passaram por aqui... — E um sorriso sutil, mas tenro, se forma em seus lábios. Ele puxa o tomo para si, afundando os dedos na capa de couro, antes de abri-lo e folheá-lo. — Você pode se assustar com quanto um livro como esse pode te ensinar.

Pelo que me contou, não há a menor chance desse livro ter sido forjado por "C" para me manipular, como Elijah sugeriu. Será que Benjie também já viu a página com a data de morte do meu amigo? *Devo perguntar?*

A voz de Liam me dizendo que Benjie pode estar por trás de tudo ecoa em minha mente. *Não, não devo.*

— É? Espero que se divirta com ele novamente — rebato, insípido. Fecho a mochila e a jogo sobre as costas. Em seguida, me levanto da cadeira, prestes a dar as costas e sair da sala.

— Andrew, o que está acontecendo? — pergunta Benjie, finalmente erguendo os olhos até mim.

— O que tá acontecendo? *O que tá acontecendo?* Você tentou ligar pro meu pai quando eu te pedi?

— Eu tentei. Mas não é tão simples contatar alguém no continente, Andrew. E a decisão final não é só minha.

Deixo uma risada ácida escapar.

— E você ainda tem coragem de me perguntar o que tá acontecendo. Não sei, vamos ver: meu irmão tá desaparecido e todo mundo neste lugar maldito se recusa a me ajudar. Não consigo falar com meu pai — minto — ou sequer tenho a menor pista do que aconteceu com o Calvin. Em vez disso, sou forçado a seguir uma rotina normal, como se nada tivesse acontecido, apenas aguardando o momento em que serei a próxima vítima.

— *Vítima?* — repete ele, vincos profundos em sua testa. Então se levanta e dá uma volta em sua mesa até parar à minha frente. O livro fica esquecido. — Por que você acha que está em perigo?

— Se coloca no meu lugar. Você estaria seguro se seu irmão tivesse sumido da face da Terra, todos os adultos ao seu redor fossem negligentes e, ainda por cima, alguém tivesse tentado te matar na piscina? — Cruzo os braços. — Seja muito honesto neste momento, sr. Torres.

Benjie cobre a testa com uma das mãos e balança a cabeça em negativa.

— Você precisa parar de pensar demais na sua situação e de tentar atrair atenção para si.

— É isso que tô fazendo? — ergo a voz, indignado. — Atraindo atenção?

— É, sim.

— De quem? — Ele entreabre os lábios, mas os fecha rapidamente, hesitante. — Ah não, você não vai se calar agora. Sei que sabe de algo, sei que entende que posso desaparecer como meu irmão a qualquer instante. E eu sei — olho bem no fundo de seus olhos — que você quer me ajudar.

— Você não sabe do que está falando.

O sr. Torres me dá as costas e se afasta, parando próximo ao quadro e evitando meu olhar, minha presença, minha súplica. Ele esfrega a nuca e curva a cabeça para baixo.

— Você estudou aqui na mesma época que o Colter e meu pai, não é mesmo? — afirmo, e isso parece desconcertá-lo.

Benjamin se volta a mim lentamente.

— Sim. Vinte anos atrás. — Seu olhar se distancia, como se vagasse por lembranças distantes. Engulo em seco, angustiado pela possibilidade de vasculhar o passado do meu pai e descobrir algo que não quero saber. Um tanto zonzo pelas lembranças, o professor de história prossegue: — Eu conheço seu pai muito bem, sr. Rodriguez. Éramos amigos, bons amigos.

— E não são mais?

— Nos separamos depois que o ensino médio acabou. Nunca mais retomamos contato da mesma forma.

— E quanto ao Colter?

Ele contrai os lábios, pego de surpresa. Se senta em sua cadeira outra vez e encara a sala de aula vazia. Há um brilho peculiar em seu rosto dourado pelo pôr do sol, um brilho que reconheço, mas não compreendo como possa fazer sentido no presente contexto.

Intrigado, abandono a ideia de deixar o local e retorno à cadeira bem na frente dele, analisando-o com cuidado, captando detalhes de seu rosto que me entregam mais do que suas próprias palavras.

— Colter nunca foi muito próximo de nós naquela época — explica. — Na verdade, tínhamos a impressão de que odiava seu pai, mas nunca descobrimos o motivo. Rivalidade boba de garotos, sei que você está tendo sua própria cota disso com um certo... veterano.

A menção a Lucas quase me faz vomitar.

Rebateria alguma negativa qualquer, mas uma breve crise de risos irrompe da garganta de Benjie, afastando essa ideia.

— O que é engraçado? — pergunto quando ele se recompõe, aquele brilho especial se acentuando.

— Nada. Só... — o professor se recosta de maneira relaxada e arrasta a ponta dos dedos sobre a mesa, o olhar perdido. — Acabei de lembrar que, enquanto eu costumava matar aula pra ler, George o fazia pra jogar basquete na quadra vazia. Era estranho porque... — Pausa, deixando a última palavra vagar sugestiva entre nós.

— Porque...

— Às vezes eu me sentia solitário demais na biblioteca vazia. A imensidão daquele lugar realmente te faz se sentir pequenininho. Então eu roubava algum livro de que o sr. Jones não sentiria falta e ia até a quadra, ver George treinar.

— A visão de meu pai como um jovem atleta me pega desprevenido, mas não me surpreende. O que me deixa surpreso, na verdade, é o tom sereno, quase nostálgico de Benjie ao dizer: — Ele gostava quando eu ficava lá, mesmo que nunca pedisse. *Acho que ele também se sentia só.* E assim vivíamos, dois garotos que encontraram companhia em suas solidões, por quatro longos anos, bem afastados do restante do mundo. Até que tivemos que nos afastar. E esse foi o fim. — Fica cabisbaixo diante das últimas palavras, que soam amargas.

Fico em silêncio, chocado demais para mover nem que seja um dedo. *Sei* do que se trata o brilho que estou vendo em seu rosto, em seu olhar, em seu sorriso. Reconheço-o. *É o brilho de alguém apaixonado.*

Benjie foi apaixonado pelo meu pai?

— Seu pai era um ótimo jogador — finalmente completa ele, fitando meus olhos. — Talvez seguisse carreira esportiva caso não tivesse se envolvido com a política. — E assim abre um sorriso triste mas reconfortante; magoado porém morno. Posso ver o tumulto de emoções em seu interior, Benjamin é transparente como uma folha de vidro.

Nesse momento, estou certo de que este homem não poderia machucar uma mosca, muito menos meu irmão e eu. Me inclino em sua direção, agarrando minha mochila até os nós dos meus dedos embranquecerem.

— Sente falta dele? — pergunto, baixinho.

Ele umedece os lábios e balbucia:

— É, sinto.

— Ele era como um irmão pra você.

— Sim. — Refleté sobre a palavra. — *Um irmão.*

— Então você entende como me sinto. Por favor, me ajuda a descobrir o que aconteceu com o Calvin e dar o fora daqui. Se não quiser fazer por nós, tudo bem; mas faça por tudo isso que sentia pelo nosso pai.

Benjie fecha os olhos e se encolhe na cadeira. Há um dilema explícito em seu rosto, e meu peito se aperta. O amor que esse homem sentia pelo meu pai vai ser a chave para acabar com esse inferno? O destino realmente é engraçado às vezes.

Quando o professor de história faz sua escolha, sua voz soa mais crua:

— Não posso te contar nada aqui. É perigoso falar sobre esse tipo de coisa em plena luz do dia, mesmo dentro das salas. — Ele se aproxima de mim sobre a mesa com uma expressão preocupada. — *Eles* podem ouvir.

— *Eles?*

Benjie não me responde. Em vez disso, engole em seco, se levanta e corre até a porta próxima ao quadro. Ele bota a cabeça para fora, observando os corredores. Logo retorna, segura meus ombros e cochicha muito baixinho:

— Me encontre na biblioteca hoje, depois que o jantar for servido, mas antes que seja encerrado. Eu vou explicar tudo. Ao menos — acrescenta —, tudo o que sei. — Ele fita a porta novamente. — Agora vá, antes que alguém entre aqui.

Não questiono ou penso duas vezes. Assinto e me levanto, obedecendo-o.

Dou apenas dois passos antes que me interrompa:

— Andrew, espere. — Cesso minha aproximação da porta e o encaro sobre os ombros. — Seu pai te contou que estudou aqui comigo e com Colter?

— Sim — minto novamente.

Mencionar a invasão à sala de Colter não traria benefício algum. Na verdade, é melhor que Benjie acredite que tenho uma boa relação com meu pai e que ele pode se aproximar de seu velho amigo da adolescência através de mim. Isso aumentará as chances de que me ajude.

Meu pai construiu uma carreira política manipulando pessoas. *É hora de colocar em prática uma coisa ou outra que me ensinou.*

***

Mas Benjie não aparece na biblioteca no horário que combinamos.

Deixo de comer e fico até mais tarde, rondando os corredores de estantes, mas não o avisto em lugar nenhum.

Próximo do toque de recolher, tenho certeza de que algo aconteceu. Ou ele mudou de ideia sobre me ajudar *ou alguém o interceptou.*

"*Eles*". O que ele quis dizer? Quem são "Eles"? Quem poderia causar tanto medo e cautela num professor? Preciso ouvir uma resposta da própria boca do sr. Torres, mas parece que terei que esperar até a próxima aula de história.

Caminho até a seção de livros históricos e, sem pressa, busco pelo exemplar da Masters. Encontro-o. *Isso significa que o Benjamin esteve aqui depois da nossa conversa, pelo menos.* Passo o dedo pela lombada de couro e, então, puxo-a da prateleira para folhear o livro uma última vez. Tento me colocar no lugar de Benjie, lendo na quadra durante uma de suas escapadas das aulas, confundindo amizade e algo mais com o garoto que viria a se tornar meu pai. O pensamento me causa um frio no estômago.

O Colter os odiava. Por quê?

— Grrr...

Ah, porra.

O grunhido familiar soa bem rente ao meu ouvido, quase como se estivesse espiando sobre meus ombros.

Não tenho coragem de verificar sua origem. Atiro o livro para trás e disparo para longe daquela estante numa velocidade que jamais sonhei que conseguiria atingir. Há uma linha reta até o hall de entrada. Estou distante, mas não muito. Mais alguns segundos correndo na penumbra e alcançarei a segurança da luz.

— *Sr. Jones!* — grito, na esperança de que sua presença

espante a criatura atrás de mim.

Não ouço resposta alguma, no entanto.

Subitamente, sinto o toque da morte em meu braço – úmido, frio e dilacerante – e sou puxado para trás com uma violência sobrenatural. Voo por alguns metros até me chocar com uma das estantes. Minhas costas recebem o impacto em cheio. Primeiro, sinto a dor nas costelas; depois, na nuca; e então ela se alastra pelo corpo inteiro. O mundo gira e se inclina conforme a estante cai para trás com a velocidade da colisão, e caio junto.

— *Droga...* — Fecho bem os olhos numa careta de dor, abro a boca para deixar que os gemidos e grunhidos escapem em meio à respiração sôfrega.

Depois de cair, fico paralisado por alguns instantes, incapacitado pelo choque. Então, a adrenalina pulsa em minhas veias. *Ainda estou em perigo.* Tateio a estante em ruínas sob mim e, embora minhas costas reclamem do golpe, não quebrei nada. Abro os olhos e, com alguma dificuldade, rolo para o lado até cair no chão.

Meu corpo parece prestes a se desmontar a qualquer momento. Minha cabeça lateja e minha visão está embaçada, mas preciso seguir em frente. O hall de entrada parece tão próximo e tão distante ao mesmo tempo.

Inspiro fundo e grito com toda a força dos meus pulmões:

— *Sr. Jones! Por favor, me ajuda!*

Mas, novamente, não tenho resposta. Será que não ouviu a estante de mais de cem quilos tombando no meio da biblioteca que zela com tanto cuidado? *Onde está esse velho desgraçado?*

Um tanto furioso, me apoio no chão e tento me levantar. Algo firme e sólido pressiona meu peito, me esmagando, impedindo que eu me reerga.

É o demônio de sombras. Ele flutua sobre mim como uma nuvem de escuridão e desespero, algo concebido direto do pesadelo mais sórdido da alma mais perturbada da Terra. Me aperta no chão com uma das mãos, e em meu peito sinto novamente seu toque álgido e perfurante, *infernal.*

Ele aproxima o rosto do meu, e consigo enxergar os detalhes de sua face. Ou melhor, a falta deles. Apenas os dois orifícios em que deveriam estar os olhos e o risco em que se abriria a boca. Nada mais. E, mesmo assim, é como se sorrisse para mim – o sorriso fantasmagórico de um monstro prestes a dilacerar uma criancinha.

Não consigo dizer nada. Não consigo reagir, me mover ou me debater. Cerro as pálpebras, pensando que isso não passa de um pesadelo vívido. Mas, quando os abro, a criatura ainda está sobre mim, mais próxima, preenchendo todo meu campo de visão.

Não posso morrer. Não agora. Não antes de encontrar meu irmão. Não antes de terminar tudo o que comecei. Mordo meus lábios com tanta força que racham sob meus dentes, e enfio minhas mãos no abdome dessa maldita coisa. Grito contra seu rosto e minhas mãos atravessam sua barriga.

O demônio se desfaz numa nuvem de sombras e um último chiado ensurdecedor, que me deixa surdo por um momento. Respiro fundo enquanto me levanto e pulo para longe do local onde ele estava me mantendo preso até então, observando o vazio deixado para trás.

Fito minhas mãos mais uma vez. Estão pálidas e frias de tal maneira que não consigo sentir nada. Meu coração está tão acelerado que parece prestes a pular para fora pela minha boca. Ofegante e desnorteado, cambaleio entre as estantes até o hall de entrada.

— *Sr. Jones!* — chamo uma terceira vez, mas o bibliotecário não está em lugar algum.

Saio da biblioteca o mais rápido que consigo.

Matei a criatura de sombras?

Algo em minhas entranhas me diz que não, que ela ainda estará em minha cola enquanto eu continuar aqui.

Me apoio no corredor e paro por um instante.

Não posso continuar fazendo isso. A quantos outros encontros com essa coisa conseguirei sobreviver? Julgando pela forma que me atirou pelo ar como um brinquedo, não muitos.

Preciso encontrar meu irmão *agora*. E dar o fora da Masters enquanto ainda respiro.

Tenho apenas um plano, mas ele precisará servir.

Vou retornar ao subsolo.

ÊXODO

— É hora — digo aos quatro garotos reunidos no meu quarto. Lucas está parado na porta, os braços cruzados e o corpo inclinado levemente para frente. Roberto e Elijah se sentam na minha cama, de frente para mim, enquanto Liam está próximo à janela e a brisa gélida da noite balança seus fios amarelos.

— Hora de...? — Elijah arqueia as sobrancelhas, acentuando o tom de dúvida.

— De acabar com tudo isso de uma vez por todas — completo, firme e decidido. Depois do meu encontro quase letal com o demônio da floresta, não há nada que me faça voltar atrás dessa decisão. — "C" esteve tentando me convencer a ir ao subsolo do castelo nos últimos dias.

— Subsolo? — repete Roberto, no mesmo tom desnorteado de Elijah, que está ao seu lado.

— Uma porção da biblioteca que conecta o prédio à floresta — me apresso a explicar. Viro de costas, abro o guarda-roupa e apanho minha mochila. Abro-a e retiro de seu interior o primeiro caderno que vejo e uma caneta. Me ajoelho no chão, no centro do quarto, equidistante aos quatro garotos ao meu redor, e faço um rabisco na folha, tentando ilustrar enquanto falo: — Eu e Liam já a usamos pra conseguir escapar daqui e procurar pelo Calvin na praia. É como um túnel com vários corredores e, segundo o zelador, tá fora do alcance dos alunos. — Quando finalizo o rascunho da parte que conheço do subsolo, arranco a página e a estendo a Roberto e Elijah.

Lucas encara de longe, desconfiado, e então resmunga:

— Então vocês dois foram juntos pra floresta...

— *Lucas* — repreendo-o.

Ele revira os olhos, descruza os braços e, sem cerimônia, rouba o rascunho das mãos de Roberto. Analisa-o, e então questiona:

— E como você descobriu esse lugar? — Antes de Roberto roubar o rascunho de volta e os dois trocarem olhares cheios de farpas.

Deus, por que garotos são tão estúpidos?

— Não importa. — Me levanto do chão. — O que importa é que "C" quer que eu volte lá. Estou trabalhando com duas hipóteses. A primeira: tudo o que ele me falou até agora é mentira, e está me atraindo pra uma armadilha. A segunda: tudo o que falou é verdade. Nesse caso, tenho quase certeza de que meu irmão estará lá. — Caminho pelo quarto, impaciente e inquieto, a cabeça em frenesi. — Desde a primeira vez que entrei naquele lugar, tive uma sensação estranha, meio fantasmagórica, meio... *extraterreste*.

— Extraterrestre? — caçoa Lucas.

— *Estranha*, é o que quero dizer. Não é um lugar normal.

— Arrasto um polegar sobre os lábios quando balbucio: — Deve ser por lá que o demônio de sombras invade o castelo.

E levo alguns segundos até perceber que mencionei a criatura na frente de Roberto e Elijah pela primeira vez. Eles me fuzilam com olhares tão questionadores e suspeitos que sinto minha nuca queimar com certo embaraço. Só consigo me convencer a explicar essa loucura em voz alta porque sei que há outras pessoas no mesmo cômodo que também já a presenciaram:

— Tem uma criatura na floresta — explico aos dois na cama. — O Liam, o Lucas e eu já a vimos. É parecido com o *Slender Man*, sabem? Membros alongados, rosto sem definição. Mas essa coisa parece ser feita de sombras, pelo menos em partes, ou de algum tipo de escuridão... *física.*

— O quê? — A expressão de Elijah é tragicômica.

Bufo. Meu embaraço se acentua e consigo sentir o sangue chegando ao meu pescoço e rosto. Estou corando.

— Vocês dois podem me ajudar aqui? — resmungo ao tatuado e ao filho do diretor em lados opostos do quarto, dirigindo um olhar de súplica a cada um.

Liam é o mais prestativo entre os dois.

— Ele tá dizendo a verdade. Eu vi essa coisa na floresta.

A confusão nas faces de Elijah e Roberto não se desfaz, mas ao menos se acentua um pouco. Todas as atenções são, então, direcionadas ao tatuado, que está em sua posição de *bad boy* na porta. Preciso reiterar meu pedido mudo com um olhar solícito antes de seus lábios vermelhos se abrirem:

— Eu a vi... — começa, mas se interrompe. Desvia o rosto para o lado, nos evitando. E continua sem nos encarar quando acrescenta: — No ano passado. Uma vez.

Por que é tão difícil pra ele ser vulnerável?

— Bom — desvio a atenção de volta a mim —, ela acabou de me atacar na biblioteca. Não apenas me atacou; tentou me matar.

As expressões de choque de meus amigos são substituídas por preocupação. Antes que qualquer interjeição possa ser feita, completo:

— Alguém neste lugar me quer morto. Não posso continuar aqui por muito tempo. — E tento evitar o olhar de mágoa de Liam. — Preciso ir embora, mas tenho que encontrar meu irmão antes. Vocês entendem isso, certo?

Posso ver o ressentimento e a tristeza em seus semblantes. No entanto, todos parecem assentir, de suas próprias formas. Alguns com um balançar de cabeça, outros com um olhar prolongado. Nenhum deles o faz com palavras. Ao menos enquanto a inevitabilidade de minha saída desse lugar – e o consequente abandono de meus amigos – paira no ar como uma densa nuvem de tempestade. É Elijah quem resolve quebrar o silêncio frágil no cômodo:

— Você acabou de ser atacado na biblioteca? — Assinto em confirmação. — E quer que a gente entre no subsolo que, por coincidência, também fica na biblioteca?

— Não é exatamente *na* biblioteca, Elijah. — Pego a caneta e me ajoelho à frente dele. Apoio o rascunho dos túneis sobre as coxas de Elijah e faço alguns traços para ilustrar o que digo: — É mais como uma extensão dela, como dois espaços que se conectam sem uma divisão, entende? — Depois de analisar o desenho, Elijah assente para si mesmo. Eu me afasto e me direciono aos quatro de uma vez: — Entendo se não quiserem fazer isso, de verdade. Não gosto da ideia de que corram perigo por minha causa. Essa é uma luta minha, não de vocês. Mas saibam... saibam que preciso de vocês. Ter cada um de vocês ao meu lado faria diferença. Enfrentar "C" sozinho, olhar nos olhos do meu irmão outra vez, sozinho... são coisas que seriam muito mais fáceis se tivesse meus amigos ao meu lado. — Tento não deixar as rachaduras em meu peito se exteriorizarem em minha voz, mas é impossível. Quando percebo, já estou quase desabando.

— Como vou explicar ao Calvin que falhei tanto na minha promessa de protegê-lo? — questiono a mim mesmo, fitando o chão dessa vez.

— Não é melhor esperar a ajuda do seu pai? Ou da polícia? — É Lucas quem questiona. — Você *conseguiu* falar com ele pelo celular do Leo, não conseguiu?

Engulo em seco, um peso de derrota pressionando meus ombros para baixo.

— Consegui.

— E...?

Relembrar aquela conversa me causa arrepios.

— E ele não vai me ajudar, Lucas. Meu pai... Ele me deixou completamente sozinho. Na real... — hesito. — Ele disse que não me conhecia, que não tinha um filho chamado Andrew. — Cerro os punhos e escondo as mãos nos bolsos da calça, cabisbaixo. — Não sei por que fez isso, mas não vou deixar meu irmão morrer neste lugar desgraçado. Ele ainda tem a mim, e eu só tenho *vocês*.

Minha mente se esvazia por um instante, presa na possibilidade de ter que retornar ao subsolo sozinho durante a noite, com um *stalker* e uma criatura demoníaca às minhas costas. Me sinto fraco e pequeno, com um buraco no lugar do coração, vazio de coragem e bravura. Mas então me lembro de meu irmão sorrindo, de todas as risadas que já compartilhamos, das lágrimas, e então esse vazio é preenchido.

Odiaria ter que fazer isso sozinho. Mas *vou* fazer caso seja necessário. Farei tudo para salvar Calvin.

Então, sinto um toque relutante em meu braço direito.

— Tá tudo bem. Eu vou com você. — Liam se aproxima e estica um sorriso encorajador nos lábios. Meus ombros relaxam em alívio.

Elijah e Roberto se entreolham, discutindo em silêncio. Logo os dois se levantam da cama e o loiro baixinho afirma, convicto:

— Nós também. Mas, se eu morrer nesse subsolo, Andy... eu juro que volto do além pra atormentar você pelo resto da sua vida.

E isso me tira uma gargalhada sincera. O vazio em meu peito se preenche ainda mais, quase transborda com toda a coragem e bravura que, em tantos momentos, duvidei possuir.

— Se isso acontecer — rebato —, morreremos juntos.

Lucas continua mudo na porta, o olhar enigmático depositado sobre mim como um animal noturno, à espreita. Liam não afasta o toque do meu braço, e sinto na reclusão do tatuado que isso o incomoda.

A dúvida sobre sua disposição em me ajudar se intensifica a cada segundo que passa em silêncio. Para ser sincero, não o culparia se abrisse a porta e desse o fora daqui neste exato momento, sem dizer nada. Ficaria chateado, mas não o culparia. Ele ainda tem um irmãozinho fora daqui para cuidar, afinal de contas. Não vale a pena correr riscos tão grandes por um garoto que conhece há tão pouco tempo.

Então, entreabro os lábios para dizer que o entendo.

O maldito é mais rápido, no entanto:

— Qual é o plano?

E se aproxima, se afastando da saída.

Sorrio sem nem ao menos perceber.

***

Cruzamos o limite entre a biblioteca e o túnel do subsolo sem sinais da criatura que tentou me matar há pouco. A estante na qual fui arremessado ainda estava no chão, sinal de que o sr. Jones continua ausente do lugar. *Onde pode estar?*

Avançamos numa posição de diamante para nos protegermos de todos os lados. Liam e eu seguimos na frente, Roberto e Elijah logo atrás. Lucas é o último. O tatuado sugeriu que nos armássemos e, como não tínhamos muitas opções disponíveis, os facões de cortar carne da cozinha e o taco de beisebol de Liam tiveram que servir. Ao menos, se chegarmos a algum tipo de confronto, teremos a chance de nos defender.

O túnel principal está iluminado pelas chamas das tochas presas às paredes. Essas coisas, sem dúvidas, serão mais eficientes em iluminar nosso caminho do que minhas lanternas.

— Peguem uma tocha cada um e fiquem por perto — instruo os garotos rapidamente, numa voz baixa e abafada o suficiente para que não navegue muito longe.

Com as tochas em mãos, lanternas guardadas nos bolsos e facões empunhados - e um taco descansando nos ombros do filho do diretor -, caminhamos até a encruzilhada de corredores que se bifurcam a partir do túnel. Continuam os mesmos que vi algumas semanas atrás, apenas levemente mais macabros.

— Por qual caminho? — pergunta Elijah, e o tremor em sua voz é bem evidente.

Estendo minha tocha à frente, iluminando a entrada de cada um.

— Na primeira vez que estive aqui, peguei esse — direciono as chamas ao corredor mais à esquerda — e cheguei a uma parede com quadros dos alunos da Masters. Todos nós estávamos lá, exceto você — encaro Elijah sobre os ombros — e o Calvin.

Embora não haja malícia na minha voz, isso é suficiente para perturbar o loiro mais baixo.

— Eu *sabia*. Você ainda acha que sou uma aberração — dispara, num tom descontrolado, tão alto que reverbera pelo túnel.

— Fica calmo. Só tô dizendo o que vi, Elijah.

Ele faz menção de rebater, mas, graças a Deus, Liam se apressa em interrompê-lo:

— Quando fugimos pra floresta, viemos por aqui. — E em seguida aponta sua tocha para o caminho mais à direita.

— Exato. — Volto a direcionar a atenção à encruzilhada.
— O que só deixa um caminho sobrando. — Ilumino a passagem no centro, e suas paredes parecem me olhar de volta.
— Vamos.

Posso sentir que meu irmão tá aqui, em algum lugar.

Tomo a frente e mergulho na escuridão da passagem inexplorada. Os passos relutantes dos outros quatro garotos não demoram muito a ecoarem atrás de mim.

CATACUMBA

Caminhamos por vários minutos, nos aprofundando no abismo sob a Masters, quando as paredes começam a ganhar aberturas nos formatos de portas, se bifurcando em tantas possibilidades de caminhos que se torna impossível de contar.

— Devíamos entrar numa dessas passagens? — pergunta Elijah num determinado momento. — E se levarem a algum lugar importante?

— É melhor continuar no caminho principal — afirmo, sem olhar para trás —, assim temos menos chances de nos perder.

Todos concordam em silêncio.

As paredes são construídas em pedra grossa com polimento inacabado. Delas, várias projeções pontudas e afiadas se esticam, podendo facilmente machucar algum de nós num surto de desatenção.

Os únicos sons que quebram a monotonia do silêncio aqui são os de nossos sapatos tocando o chão. A única coisa que rompe o breu que nos engole são as tochas em nossas mãos. O único sinal claro de que não estou nas catacumbas do inferno é meu coração saltando contra a caixa de ossos em meu peito.

Olho para trás subitamente, para garantir que todos os meus amigos ainda estão ali. Do fundo de nossa formação,

Lucas me fita com o cenho franzido. Engulo em seco e minha garganta queima. *Se algo acontecer com eles, vou me culpar pelo resto da vida.*

Tropeço em algo e caio de rosto no chão.

— Ai.

A tocha despenca bem próximo à minha cabeça. Alguns centímetros, e teria me queimado.

— *Andrew!* — Liam corre e se ajoelha, me pega pelo braço e me ajuda a ficar em pé novamente. Ele apanha minha tocha e devolve-a às minhas mãos. — Cê tá bem? — O filho do diretor segura meu rosto e o analisa, em busca de ferimentos. Assinto e me afasto.

Me volto ao chão para verificar no que tropecei.

— O que é isso? — Passo a ponta de um dos pés sobre a elevação metálica abrupta no meio do corredor.

Então, estendo a tocha mais à frente.

Em vez de pura escuridão, ela ilumina algo mais interessante dessa vez. É o fim deste túnel, e ele se bifurca em dois outros. No meio da divisão, no entanto, há uma terceira abertura, menor e mais estreita, *uma sala.*

Meu sangue gela e minha respiração se exaspera, mas já estou fundo demais nesse pesadelo para acordar agora. Avanço até cruzar a abertura e entro na sala.

Imediatamente, sinto uma mudança de temperatura. O que já era frio se torna álgido. O que era álgido agora é congelante. Até mesmo a chama em minha mão parece se tornar gélida, como se todo o calor do fogo fosse sugado pelo ambiente. Começo a tremer.

Giro sobre meu próprio eixo para ter uma visão completa do local. A sala é circular, vazia, exceto por uma série de gavetas que se projetam do interior da parede oposta à porta. São retangulares e grandes, capazes de comportar um corpo humano com facilidade. Há pequenas inscrições em ouro sob cada uma, uma espécie de identificação.

Meus quatro amigos entram no espaço, um de cada vez. E, assim como eu, não demoram muito a compreender do que aquilo se trata, antes mesmo de lerem os nomes inscritos nas placas.

— Parece um tipo de... — A voz de Elijah preenche o ambiente.

— *Sarcófago* — declaro e, assim que a palavra ecoa em nossos ouvidos, as paredes tremem pelo mais breve dos segundos.

Olho para Lucas, atordoado, e ele me devolve um olhar tão perdido quanto o meu.

Esperamos alguns segundos até o susto passar, e então a voz acanhada mas curiosa de Elijah ressoa entre nós outra vez:

— Tipo... onde guardam os corpos de pessoas?

— Você sabia sobre esse lugar? — Me dirijo a Liam.

Ele arregala os olhos e dá um passo para trás.

— Não. Você sabe que nunca vim aqui antes do dia em que fugimos. Meu pai nunca... — ele se engasga nas próprias palavras — ... nunca mencionou nada do tipo.

— Mas ele deve saber — rebato, em tom acusatório, perto de encurralar o garoto de quase dois metros na parede.

— É impossível você ser diretor de uma escola que tem um sarcófago no subsolo e não saber nada sobre isso.

— E eu não sou ele, Andrew. — Sua voz se torna áspera. — Quando vai entender isso?

Estreito o olhar em sua direção.

— Caras — nos interrompe Lucas —, esses não são os corpos de quaisquer pessoas.

Eu me volto ao tatuado. Ele está próximo à parede das gavetas, sua tocha iluminando uma das placas douradas, o semblante num misto de assombro e agitação.

— O que cê quer dizer? — Me aproximo dele.

Lucas lê a placa:

— Woodrow Hall, fundador da Masters.

E um calafrio repentino percorre minha coluna. Leio as palavras com meus próprios olhos e, mesmo assim, levo um tempo até acreditar nelas.

Os outros três garotos também se aproximam e averiguam a placa.

— Eles guardaram o corpo dele aqui desde o século dezenove? — questiono, sem conseguir esconder minha incredulidade.

Lucas contrai os lábios.

— Isso é bizarro, mas é exatamente o tipo de coisa que eu esperaria encontrar num túnel sob um castelo medieval — diz, num tom de desdém, se afastando em direção à porta.

Elijah caminha até as gavetas mais distantes do centro, arrastando a mão sobre a madeira fria na qual são construídas, e pergunta:

— Eles guardam os corpos de todos os diretores?

Investigo as outras placas, e engrenagens começam a girar em minha mente.

— Não, parecem ser só os da família Hall. Olha — aponto o nome encravado logo ao lado da gaveta do fundador —, Lisa Hall, esposa de Woodrow. Gregory Hall, filho mais velho. Regina Hall, esposa de Gregory. — Percorro quase todas as filas de placas que alcanço. Há algumas muito no topo, outras mais rentes ao chão. Todas indicam alguém cujo sobrenome é Hall, no entanto. — Estão todos aqui.

— Por que manter os corpos da família inteira neste lugar? — Roberto mira tudo com uma expressão hesitante e repulsiva.

Reflito sobre a pergunta.

— Acho que a pergunta certa é... *quem*.

— *Ah, meu Deus* — exclama Liam, agachado próximo a uma das gavetas mais rentes ao chão, na extremidade oposta àquela em que Elijah se encontra. O filho do diretor se sobressalta e tomba para trás, caindo com a bunda no chão. Em seguida, se recompõe e volta a se aproximar da gaveta, o olhar atento à placa.

— O que foi? — questiono, mas é Roberto quem o alcança primeiro. Os dois observam a placa por algum tempo, em completo silêncio, em completo choque.

Elijah corre e se aproxima da gaveta junto comigo.

Roberto parece ter um espasmo e se vira para trás bruscamente, segurando o colega de quarto pelos ombros.

— Não, Elijah, você provavelmente não devia ver isso. — Ele o impede de se aproximar.

Elijah franze o cenho, desorientado com a atitude do amigo.

— Sai da frente, Roberto — ordena, em tom revolto, e se projeta à frente, tentando romper a barreira do amigo, mas não consegue.

— *Não*. — Roberto segura o menor com ainda mais força, prendendo-o no lugar.

A cena inteira me deixa pasmo, mas, quando leio o nome gravado em ouro sob a gaveta, compreendo.

Uma náusea ardente sobe pelo meu esôfago, queimando e me rasgando por dentro. Chego muito perto de vomitar, e só não o faço porque Liam está agachado logo abaixo de mim.

"Uma mentira bem contada dói menos do que uma verdade cruel", "C" uma vez me disse. E tinha razão.

— Deixe ele passar, Roberto — digo, sem me mover.

Meu estômago dói como se tivesse acabado de ser esmurrado. Não tenho mais certeza do que é realidade e do que é fantasia, tudo parece um borrão de mentiras, traições e morte; uma névoa densa que me devora e me prende cruelmente na dúvida sobre em quem devo – *e posso* – acreditar.

Bom, ao menos agora sei que "C" não esteve mentindo para mim esse tempo todo.

O loiro mais baixo entre nós se aproxima da gaveta que guarda o túmulo e lê em voz alta as palavras escritas na placa, pausadamente, como se cada sílaba dilacerasse suas cordas vocais:

— *Elijah Hall.* Bisneto de Woodrow.

Fecho os olhos. É como levar um murro bem no queixo.

— Eu acreditei em você — cuspo, ácido. — Você me disse que era uma armação de "C" e eu *acreditei em você.* — Me volto a Elijah lentamente, furioso. Ele se afasta com alguns passos, erguendo as mãos no ar em sinal de rendição.

— *É uma armação, Andrew.* — Então, deixa de se afastar e se joga sobre mim. Agarra minha camisa e puxa minha mão até seu rosto. Tento me afastar, mas não consigo. — Eu tô bem aqui, Andy. Bem aqui na sua frente.

Inspiro e expiro fundo, minha mente dilacerada, meus olhos ardendo. Empurro Elijah para trás com força, conseguindo me livrar de seu toque, e miro Liam sobre os ombros.

— Vamos ver o corpo.

Elijah se encosta numa das paredes e enrijece, a expressão afoita como se estivesse sob risco de vida.

Liam aperta os lábios em discordância.

— Essa pessoa morreu há mais de um século. Se tiver um esqueleto aí, ainda vai ser muito.

— Você tem medo de esqueletos? — pergunto, sem humor algum, e caminho até o filho do diretor.

— Não quero violar túmulos alheios.

— Abre.

Liam cruza os braços, o semblante sério e opositor.

— Não. Não vou.

Reteso a mandíbula.

— Então eu mesmo vou fazer isso.

Agacho, seguro a alça da gaveta. Por algum motivo, hesito por um instante tão efêmero que quase passa despercebido.

Mas, no fim, puxo a alça e abro o túmulo, tentando não pensar demais no que estou fazendo. Encaro o conteúdo em seu interior por um longo momento antes de largar a alça e me afastar. Permaneço resiliente, embora a ardência em meus olhos se intensifique. Dou alguns passos para trás, deixando que o corpo na gaveta fique visível a todos. Não há um som no sarcófago, nem um movimento sequer. Todas as respirações cessam, todos os corações param de bater pelo tempo necessário para que nosso cérebro processe a imagem à frente e nosso estômago consiga digeri-la. *Não é uma tarefa simples.*

O primeiro a se mover, caminhando até o corpo perfeitamente preservado na gaveta, é Roberto. Atônito e um tanto vacilante, ele toca a borda de madeira da gaveta que se abre a partir da parede e fita o rosto deitado, sem vida, azulado, frio – o mesmo rosto que está logo atrás dele.

— Era verdade — balbucia ele fracamente. Então, se vira em direção a Elijah, ou ao menos àquilo que *achamos* ser Elijah esse tempo todo. — Você é mesmo o bisneto do fundador do colégio. Você... você morreu, Elijah... — Ele alterna o olhar para o cadáver na gaveta, então para o amigo vivo à sua frente. — Você morreu. Como isso é possível?

Elijah não diz nada, apenas se apoia e se agarra na parede com toda a força que tem, como se temesse ser arrastado para fora dali a qualquer momento. O semblante mira seu próprio corpo morto no túmulo, sem desviar o olhar ou piscar uma única vez. Devagar, seu aperto na parede começa a se desmanchar, como se as mãos perdessem a força. A expressão se abranda também, empalidece, como se o sangue parasse de chegar ao seu rosto. As veias se tornam mais proeminentes ao longo do pescoço e dos braços, a parte branca dos olhos ficando vermelha.

Ele entreabre os lábios, mas o que sai é um grunhido de dor.

— *Elijah?* — Roberto corre até ele e o segura logo antes do menor perder todas as forças e ruir ao chão.

Os contornos do corpo de Elijah, tudo aquilo que o separa do resto da matéria ao seu redor, regridem, começam a perder definição, como um rabisco de lápis sendo apagado ou uma folha de papel se desintegrando ao ser jogada num oceano. Ele perde opacidade, perde nitidez, perde suas cores. Posso ver através de seu corpo. E, antes que se pulverize por completo nos braços daquele que ama, consegue murmurar numa voz fina e quebradiça:

— Eu não me sinto muito... *bem*.

E então desaparece, como uma brisa de vento – presente, mas invisível.

Roberto arregala os olhos diante dos braços vazios.

— Elijah? *Elijah!* — Ele olha ao redor, em busca de qualquer lembrança do amigo, mas não há nada. É como se nunca tivesse existido, nunca tivesse estado presente ali. O corpo na gaveta permanece inalterado, no entanto. Roberto se levanta e corre para fora da sala sem sua tocha. — *Elijah, volta aqui!*

— *Roberto!* — Corro atrás dele, a tempo de vê-lo entrar no corredor da bifurcação que fica à direita. Dou alguns passos em direção à escuridão, ouvindo os passos do meu amigo se afastarem cada vez mais, envoltos pelo breu, mas então paro, incapaz de continuar. — Roberto, caramba! Você vai se perder — grito, desesperado, mas logo não consigo mais ouvir seus passos.

Elijah desapareceu em meio ao ar, e Roberto desapareceu em meio à escuridão.

Retorno à sala, encontrando o mesmo ambiente de choque e incompreensão de antes, e digo a Liam:

— Vai atrás dele.

O filho do diretor faz uma careta de preocupação.

— Tem certeza? Não acho que você vai ficar seguro com...

Ele se interrompe, mas acompanho seu olhar em direção a Lucas, que continuou parado próximo à porta durante toda a cena.

— Vou ficar bem, Liam. Vá. — Ele não se move. — Confia em mim — peço, solícito, mas o filho do diretor continua imóvel. Chego próximo de me virar e pedir o mesmo a Lucas, mas, por fim, Liam apanha sua tocha e parte pela porta em direção ao caminho traçado por Roberto.

Ouço-o chamar pelo meu amigo algumas vezes enquanto se perde no corredor desconhecido.

Sozinho com Lucas na sala dos túmulos, finalmente me permito suspirar uma única vez, deixando que o peso e a insanidade do que acabou de ocorrer me impactem de uma só vez.

— O que foi que aconteceu? — Lucas caminha até a gaveta e observa o corpo de Elijah. — Esse tempo todo ele era... era... *um fantasma?*

— Eu não sei. Não faço a mínima ideia. — Passo a mão nos cabelos e dou um grunhido alto. Fito Lucas com os olhos bem abertos. — Ele não comia. *Nunca.* E achei seu rosto desenhado num livro histórico da Masters, com a data de morte dele.

Indignação dança em meio à penumbra do rosto de Lucas.

— E você continuou a vida normalmente? Não ficou nem um pouco assustado?

Me aproximo dele e puxo sua camisa.

— É claro que fiquei assustado. Eu só... — faço uma pausa. — Só tentei muito acreditar que não era verdade. — Solto-o.

Lucas respira fundo e fecha a gaveta, escondendo o corpo de Elijah.

É minha culpa que todos o tenhamos visto, preciso me lembrar. *Tudo isso é minha culpa.*

— Esse lugar é ainda mais bizarro do que pensei. — Lucas toca meu ombro. — Quer voltar? — Há preocupação e alarde em sua voz.

— Não — respondo prontamente. — Não vou voltar sem o meu irmão.

Apanho nossas tochas e entrego a de Lucas.

Me dou conta de algo e encaro a parede de túmulos sem me mover por um tempo.

— No que cê tá pensando? — questiona o tatuado.

— Como é possível que um cadáver que morreu há mais de cem anos... esteja tão preservado? — Nossos olhares se encontram. Lucas, mais uma vez, não parece ter uma resposta. — Abre aí o túmulo de Woodrow. — Com a tocha, indico a gaveta no centro.

Ele o faz sem questionar. Quando observamos o conteúdo do túmulo do fundador da Masters, no entanto, nossas dúvidas apenas se acentuam.

Sem que eu precise pedir, Lucas abre várias outras gavetas ao redor. O conteúdo é praticamente o mesmo.

— São todos...

— Esqueletos — completo.

Ele reabre o túmulo de Elijah. O cadáver perfeitamente preservado continua ali.

— Como...?

A falta de uma resposta concreta me deixa amedrontado pela primeira vez desde que coloquei os pés nesses túneis esta noite.

— Não sei. Agora vamos. Já perdemos muito tempo.

Saio do sarcófago sem esperar por Lucas.

***

Avançamos pelo corredor à esquerda da bifurcação, sentindo o ar ficar cada vez mais seco e o silêncio, cada vez mais profundo. As aberturas nas paredes se multiplicam, mas sigo optando por continuar no caminho principal. Tento manter tudo o que acabou de acontecer com Elijah num canto escondido da minha mente. Processarei isso quando encontrar meu irmão e tirá-lo daqui.

Lucas me segue próximo, mas distante ao mesmo tempo. Claramente está abalado, e não posso culpá-lo. É fácil esquecer que meus amigos não tiveram metade das experiências bizarras que eu tive neste lugar.

Seguimos pelo túnel até uma figura peculiar se desenhar à nossa frente, interrompendo o caminho.

Paro de avançar e Lucas para logo atrás. Estendo a tocha para iluminar a figura.

Está vestida com uma capa escura que encobre todo o corpo e um capuz que resguarda sua cabeça, omitindo parte do rosto, mas deixando a outra visível.

É "C"?

Não. É alguém muito pior.

— Sr. Green?

DAVI

Lentamente, Colter puxa o capuz para trás, revelando seu rosto inteiro. A iluminação laranja das chamas dança ao redor de sua face, lhe dando um aspecto imponente fajuto. A capa preta lhe faz parecer um vulto em meio à penumbra, o monstro no centro de um pesadelo. Antes mesmo de dizer uma palavra, sei que não está aqui com boas intenções.

Posso sentir a inquietação de Lucas atrás de mim. Trocamos olhares de relance. Seu semblante recluso está manchado por preocupação. Colter, por outro lado, tem um brilho divertido no olhar, uma euforia maliciosa no rosto - como a de um gato que acabou de encurralar dois ratos indefesos.

— O que está fazendo aqui, sr. Rodriguez? Sr. White? — pergunta ele, num tom suave e despreocupado. A insinuação de sorriso em seus lábios se alarga. — Vocês dois são amigos agora?

— Não exatamente — respondo, mantendo os dois pés firmes no chão. Algo me diz que precisarei correr muito em breve.

O professor de botânica cruza os braços e empina o queixo.

— Quando você descobriu o subsolo do castelo?

— Não importa — diz Lucas, cortando a conversa-fiada, e dá um passo à frente, ficando entre o sr. Green e eu. — Nos deixe passar, estamos indo a um lugar.

— Ah, é mesmo? Aonde?

O tatuado fica em silêncio por um tempo desconfortável e longo o suficiente para deixar claro que está inventando uma mentira. *Se eu percebi isso, o Colter também percebeu.*

Quando Lucas volta a falar, suas palavras soam embaralhadas e sem firmeza alguma:

— Na real, estávamos procurando um lugar, mas acabamos nos perdendo...

— Sem problemas — o sr. Green aponta o caminho por onde viemos —, acompanharei os dois de volta à biblioteca.

Lucas e eu nos entreolhamos de novo, angustiados, nervosos.

"O que vamos fazer?", me pergunta ele, em silêncio.

"Não há nada que a gente possa fazer. Precisamos passar por ele", respondo.

Em meus pulmões, sinto o ar ao redor ficar mais pesado e denso, a tensão se tornando tão palpável que consigo segurá-la na ponta dos dedos e senti-la esticar, e esticar, e esticar. Pode se romper a qualquer instante.

— Acho que preferimos fazer isso sozinhos. — É o que devolvo à sugestão de Colter, que não toma a resposta muito bem.

— Sinto muito, mas isso não será possível.

O divertimento em seu rosto se apaga, a alusão a um sorriso nos lábios se derrete. As chamas parecem fugir de sua face, e nela agora apenas sombras e escuridão dançam, acentuando os vincos na testa, o olhar semicerrado e o maxilar retesado.

Inspiro fundo e meço minhas palavras com muito cuidado:

— Colter, sei que você tem problema comigo, e com meu pai... — Ele bufa, surpreso. Não sei se pelo meu conhecimento sobre sua animosidade com meu pai ou pela minha coragem em jogá-la na sua cara. — Deixa a gente passar — digo, calmo —, e tudo estará acertado.

Colter balança a cabeça em negativa, devagar. Isso me causa um arrepio.

— Não acho que esteja entendendo a situação em que se meteu, sr. Rodriguez. Se acha que vai conseguir sair com vida deste lugar — ele estala a língua —, precisa se atentar mais um pouco. — Em seu primeiro movimento brusco, Colter dá um passo em minha direção. Suspiro e dou um para trás, mantendo a distância. Lucas me acompanha. — Que pena. Você não deveria morrer ainda, pelo menos não antes do seu irmão.

Minhas entranhas reviram.

— *O Calvin tá vivo?* — praticamente grito.

Lucas agarra meu braço, me mantendo próximo.

— Não por muito tempo — diz o sr. Green, numa voz baixa e sombria.

— Onde ele tá? O que você fez com ele?

— Ah, *eu?* Sr. Rodriguez, achei que a essa altura do campeonato você já teria chegado a uma conclusão melhor do que essa. Parece que superestimei sua inteligência. Assim como superestimei a de seu pai. — Minha respiração fica exasperada. *Sobre que merda ele tá falando?* — Quanto tempo será que levaria até você descobrir a verdade? — Há uma longa pausa, na qual ele abre sua capa e retira uma adaga comprida, reluzente e afiada de seu interior. *Merda.* — Bom, agora vai poder perguntar tudo a Benjie no inferno.

E assim Colter parte para cima de mim.

Ele corre, e meu primeiro instinto é fugir, mas de que adiantaria? Acabaria me perdendo no labirinto do subsolo ou fracassaria para sempre na missão de resgatar meu irmão. *Não posso fugir desse homem. Preciso enfrentá-lo.*

É então que me lembro da faca guardada em meu bolso. Aproximo a mão dela e seguro seu cabo, puxando-a, mas, antes que possa empunhá-la e usá-la para me defender, sou puxado violentamente para trás.

Lucas me atira no chão e se impulsiona à frente contra Colter, sua própria lâmina empunhada. Ele tenta golpear o professor no peito, mas o sr. Green desvia com uma habilidade assustadora e consegue segurar o braço com que Lucas agarra a faca, imobilizando-o em pleno ar. Eles se fitam, de perto, pelo segundo mais longo que já presenciei. Segundo esse em que um sorriso cruel se desenha nos lábios finos do sr. Green, e em que as sombras em seu rosto parecem se tornar ainda mais escuras.

Sem perder tempo, o professor enfia a adaga no rosto de Lucas.

Ou melhor, tenta.

Lucas é rápido o suficiente para se proteger com a mão livre, erguendo-a no caminho que a lâmina trilharia até sua face. E, como consequência, a adaga perfura a palma de sua mão, atravessando-a da ponta até o cabo num golpe único e intenso.

O barulho de carne, ossos e cartilagem se rompendo é bruto e perturbador, e me impacta como um projétil bem no meio do peito.

— *Não!* — grito, desesperado.

— *Ah!* — Lucas grita de dor. Então, inspira e grita novamente. O sangue começa a escorrer de sua mão como um riacho rubro desenfreado.

Colter puxa a lâmina de volta com um movimento igualmente brusco, fazendo o sangue jorrar com ainda mais violência. Então esmurra o nariz do garoto com o cabo da adaga uma, duas, cinco vezes; até o rosto de Lucas estar completamente pintado de vermelho, até seus olhos não aguentarem mais ficar abertos.

Ele o atira no chão com desdém, como se fosse um mero saco de carne, e então caminha em minha direção, os olhos lampejando o desejo de abrir minha garganta. Lucas grunhe e geme contra o solo frio, tentando estancar o sangramento da mão de algum jeito.

Retiro a faca do bolso e fico em pé novamente. Dou alguns passos para trás para ganhar algum tempo enquanto me recomponho, enquanto tento prever seus golpes.

Colter encara minha lâmina.

— Essa coisinha não vai te ajudar muito — afirma, num tom jocoso.

No mesmo instante, Lucas se arrasta e agarra a perna do sr. Green com a mão livre, puxando-o para trás.

Colter desvia um olhar feroz a ele, sacode a perna até se livrar do toque.

— Me solte, sr. White, ou vou te estripar neste corredor como se fosse um porco — cospe.

Então chuta o queixo de Lucas com tanta força que sua cabeça se impulsiona para trás, e o garoto cai de costas no chão.

— Agora, *você* — murmura o professor, que se volta a mim.

— Morre, seu filho da puta.

O som de lâmina atravessando carne é sutil e abafado. A ponta da faca desliza para dentro do abdome de Colter com facilidade. Em minhas mãos, sinto como se estivesse cortando manteiga.

Talvez por instinto, o professor ergue a adaga no ar e faz um movimento brusco em direção ao meu peito. Pulo para trás, mas não rápido o suficiente para escapar totalmente. A lâmina dele rasga minha coxa, abrindo uma fenda larga e profunda.

— *Ah!*

Caio no chão e me arrasto para trás, fugindo do desgraçado.

O sr. Green não se move em minha direção, no entanto. Sua respiração acelera, com o olhar arregalado ele me encara como se estivesse vendo um demônio, o semblante passa de surpreso a doloroso num piscar de olhos. Aos poucos, suas íris abaixam até a lâmina encravada em sua barriga. Talvez por choque, talvez por estupidez, ele faz a pior coisa que poderia nesse momento: puxa a faca, deixando a hemorragia consumi-lo.

A lâmina cai de sua mão num estampido metálico, perdida no chão. Ele tenta estancar o sangramento. Cai de joelhos, apoiado na parede, e se arrasta até se sentar. A cor desaparece rapidamente de sua face, suor se acumula em sua testa. Cada inspiração parece doer. Cada expiração parece mandar embora, além do ar, parte de sua vida.

Empalei seu estômago e ele retalhou minha coxa. Parece uma troca razoável.

Apanho a adaga, a faca e manco em direção a Lucas. Minha perna dói, mas conseguirei sobreviver – ao menos por ora, enquanto ainda tenho adrenalina nas veias.

Arrasto o tatuado para longe de Colter. Encosto-o na parede, sentado. Dou alguns tapinhas em seu rosto. Seus olhos se abrem. Está fraco, mas vivo.

— Fica comigo, tá bem?

Ele acena e então faz uma careta de dor.

Uso a faca para cortar uma parte de sua camiseta e faço uma bandagem improvisada na mão. Ele se debate e grunhe durante todo o processo.

— Sinto muito. — Quando finalizo, descanso a pobre mão ensanguentada em seu colo.

— Não quer saber a verdade sobre o que aconteceu com seu irmão? — indaga Colter, um tanto esganiçado. Cada palavra parece doer para sair.

O professor tem manchas escuras sob os olhos, e o rosto, agora, quase completamente coberto por suor.

— Vou descobrir isso sozinho — rebato, e não lhe dou mais atenção.

Espero que continue agonizando por muito tempo.

Apanho a faca, a tocha e, com muita dificuldade, consigo passar um dos braços de Lucas sobre meus ombros. Com ambos de pé, continuo a caminhada em direção às profundezas do subsolo da Masters, largando Colter para sangrar até a morte.

Não consigo dar vinte passos antes de Lucas segurar minha camisa e se contrair inteiro.

— Arrrg... — geme alto. — Andrew, Andrew, para.

Faço como pedido e encosto a gente na parede. Lucas puxa seu braço de cima dos meus ombros e se arrasta até se sentar no chão.

— Não, não, não. Não podemos parar agora, Lucas. — Tento apoiá-lo sobre mim outra vez. Ele resiste. — Vem, você precisa me ajudar um pouco.

O tatuado apoia a cabeça na pedra fria da parede e olha para cima, para o nada. Lágrimas descem de seus olhos, e sangue de seu nariz. A bandagem improvisada está encharcada, pingando líquido rubro sobre o chão.

— Não consigo — murmura, sôfrego. Então ele inspira fundo e diz: — Tá doendo muito, mal consigo enxergar e minha cabeça tá zunindo. Vai em frente sem mim.

— Não.

— Vai.

— Não vou te deixar aqui sozinho, seu idiota.

Tento puxá-lo novamente, mas ele se encolhe.

— Liam e o outro carinha vão voltar logo. — Lucas desvia o olhar para o corpo de Colter mais ao longe, imóvel, as pálpebras abertas, perpetuamente presas na visão dos dois garotos que tentou matar, mas que acabaram escapando de suas garras. — E aquele filho da puta tá morto. — Nossos olhares se encontram. Ele toca meu braço. — Vou ficar bem, vai atrás do seu irmão. — Ele tenta soar firme, mas consigo enxergar a camada de dor e agonia, a qual está dando seu melhor para esconder.

Miro o restante do corredor à frente.

— Preciso encontrar ele.

Lucas sorri e balança a cabeça.

— Então vai logo, *ruivinho*.

Fico completamente perdido. Abandonar Lucas aqui, mesmo com a possibilidade de Liam e Roberto retornarem em breve, é colocá-lo em risco. Só Deus sabe o que ainda pode existir nesses corredores.

Mas estou mais perto do que nunca de encontrar Calvin. Sinto isso em meus ossos.

Retiro a faca de meu bolso e coloco-a na mão ilesa dele, enrolando seus dedos no cabo.

— Segura isso e enfia na testa de qualquer um que se aproximar e não for nossos amigos.

— *Nossos* amigos?

— Sim. São seus amigos também. Agora, cala a boca e tenta se recuperar.

Faço menção de me afastar.

— Espera. — Lucas me segura pela mão e me impede de me levantar. Me encara com a expressão mais solícita que já vi em sua face. — Um beijo — pede. — Só um beijo.

— Vai me soltar depois?

— Vou.

Não preciso pensar muito. Seguro seu rosto com as duas mãos e o beijo, tenra e suavemente, tomando todo o cuidado do mundo e sentindo o gosto cítrico de sua saliva misturado ao metálico intenso do sangue que mancha seus lábios. Quando o solto, sussurro:

— Volto em breve. Com o Calvin.

E assim, com a tocha em mãos, avanço em direção ao fundo do abismo. Sozinho.

ISCARIOTES

Agora

Cambaleio pelos corredores por muito tempo. A iluminação fica cada vez mais escassa e o silêncio, cada vez mais profundo. As paredes começam a se bifurcar cada vez mais, se abrindo numa imensidão de salas e corredores nos quais facilmente me perderei caso perca a concentração.

Foco, Andrew, foco.

Em determinado momento, fico sem fôlego. Paro, me apoio na parede mais próxima e grito pelo nome de Calvin. Minha voz ecoa por todas as direções até desaparecer. *Onde você tá?*

Invisto à frente. Conforme a adrenalina em meu corpo diminui, mais minha perna reclama e arde.

Já quase não existem tochas nas paredes. A maior parte da luminosidade se dá pelas chamas em minhas mãos e se limita a alguns metros à frente. O ar fica cada vez mais frio e rarefeito. Tenho a impressão de que vou desmaiar a qualquer segundo. Diminuo a velocidade, mas a ardência em meu ferimento volta a se transformar em dor, que se intensifica de um jeito anormal a cada segundo.

— Calvin! — grito, do fundo dos pulmões até minha garganta arranhar e doer. Como das outras vezes, não recebo resposta alguma da escuridão à minha frente. — Porra, Calvin...

Não consigo mais andar – ou melhor, mancar. Me apoio na parede de pedra fria ao meu lado e lentamente me arrasto em direção ao chão. Grunho baixinho e descanso a tocha no solo, próxima ao meu pé. Mordo a língua e dou uma boa olhada no corte em minha coxa. O sangramento reduziu, mas até agora não estancou. É um ferimento longo e profundo, mas se tivesse atingido alguma artéria importante eu já teria morrido. Dói. Dói para um caralho. Dói apenas de olhar para a ferida aberta.

Contraio os lábios. *Merda.* Preciso fazer alguma coisa.

Olho ao redor em meio ao breu profundo e assustador do subsolo da Masters. Qual decisão em minha vida me levou até este exato momento? Que curva tomei que me fez acabar com um maldito rasgo na coxa no meio de um manto de escuridão quase absoluto enquanto busco pelo meu irmão?

Consigo pensar em várias respostas diferentes desde que cheguei nesta escola; todas fariam muito sentido, mas nenhuma seria correta de verdade. A decisão que me trouxe até este momento não foi minha, foi do meu pai, quando decidiu internar os dois filhos nesse inferno. *Como ele pôde fazer isso comigo? Com a gente? Por que nos abandonou desse jeito?*

Meus olhos ardem; as lágrimas de mágoa se misturam às de dor e borram minha visão prejudicada pela falta de luz ao redor. Se a maldita tocha apagar, então estarei fodido.

Inspiro fundo, tentando me recompor. *Preciso seguir em frente. Preciso encontrar meu irmão.* Se nosso pai não vai nos ajudar, então Calvin só pode contar comigo.

Seguro a barra da camisa e rasgo um pedaço do tecido. O som das fibras se rompendo preenche o corredor até então mortalmente silencioso – à exceção do crepitar sutil da tocha. Quando consigo uma porção suficiente, enrolo-a ao redor da coxa e faço um nó.

— *Ah!* — Não consigo conter o grito quando sinto a pressão sobre o corte. É como ter aquela adaga enfiada na minha carne de novo. — *Merda, merda, merda...* — Respiro algumas vezes até a sensação excruciante se atenuar. — Vamos lá, seu filho da puta desgraçado.

Guardo a faca, apanho a tocha do chão, tateio a parede outra vez e me ergo. Sigo mancando em direção à escuridão.

Não dou dez passos até alcançar o que parece ser uma sala de tortura.

Estou no caminho certo.

Adentro-a, me desviando do caminho principal pela primeira vez desde que entrei no subsolo, ainda acompanhado de todos os meus amigos. *Espero que todos estejam bem.*

A sala de tortura é circular, com uma mesa de pedra no centro, correntes presas ao teto e tochas nas paredes para iluminá-la. Há ganchos afiados na ponta das correntes, como os utilizados em açougues para pendurar carcaças. Um arrepio atravessa minha nuca. *Que lugar é este?*

Nas paredes ao redor da mesa, quatro jaulas se projetam, fechadas por grades de ferro. Todas estão escuras e, aparentemente, vazias.

Relutante, percorro o local, até parar em seu centro. Toco um dos ganchos nas correntes, sentindo a superfície sólida e fria do metal. Quando recolho o dedo, noto que está úmido, manchado por um líquido escuro. Aproximo o dígito dos olhos, e meu coração para. *É sangue.*

Alguém se atira contra uma das grades na parede e grunhe de maneira gutural.

— *Ah!* — Pulo para trás, sobressaltado, e caio no chão. A tocha despenca de minhas mãos.

A única coisa que consigo ver são as mãos da pessoa ao redor das hastes redondas de ferro. Então ela pressiona o rosto sujo, manchado e machucado no espaço entre duas barras, e o que restou do meu coração até o presente momento se estilhaça.

— *Calvin?* — balbucio, e a palavra demora a sair, rasgando minha garganta.

Encaro o rosto entre as grades. *É ele. É meu irmão.*

As lágrimas me deixam antes de me reerguer.

— Ah, meu Deus, Calvin... — Corro até a grade. Tento tocar meu irmão, mas ele se afasta no interior da cela e, então, desmaia no chão. Seguro as barras de metal com firmeza. — Calvin, você tá bem? — grito. Ele não me responde. — Droga. Vou te tirar daí.

A porta da cela está trancada com um cadeado velho e maciço. Preciso de algo para destrancá-lo ou golpeá-lo. Olho ao redor. Não há nada. A faca poderia ser útil, mas a deixei com Lucas.

Meus olhos pairam sobre as correntes penduradas no teto e, em específico, nos ganchos. *Isso vai ter que servir.*

Corro até a mesa e subo nela, percebendo apenas agora que a pedra polida está manchada de sangue. Tento ignorar isso e me concentro em arrancar uma dessas malditas correntes. Puxo uma vez, ela não se move. Puxo duas, três, quatro. Na quinta, vejo uma rachadura se formando no teto. Não leva muito tempo até eu conseguir arrancá-la, quebrando parte do teto ancião no caminho. O gancho na ponta é sólido e pesado, quase como uma marreta. *Perfeito.*

Com a corrente em mãos, retorno à porta da cela e golpeio o cadeado repetidas vezes. Primeiro, apenas consigo riscá-lo. Com insistência, arranco uma outra lasca. E, com insanidade e mais força do que jamais sonhei possuir, consigo rompê-lo.

Inspiro fundo em busca de ar, tentando me recuperar do esforço, mas não por muito tempo. Logo invado a cela completamente imersa em escuridão e mergulhada no odor fétido de algo morto. Engulo em seco e me ajoelho próximo ao meu irmão. As lágrimas são tantas que começam a doer, bagunçando minha visão e minha mente.

— Ah, meu irmãozinho. Eu sinto muito. Muito mesmo. — Puxo seu corpo sobre o meu e o abraço. Seguro sua cabeça e choro, choro, choro por um tempo impossível de mensurar. Finalmente o encontrei. Finalmente encontrei meu irmão, e agora posso colocar fim a esse pesadelo. Quando levar Calvin para a superfície, todos acreditarão em mim e se darão conta de que há algo muito errado com este lugar. Com sorte, conseguiremos tomar o controle do colégio das mãos dos professores e do diretor, e então arranjar uma forma de retornar para casa.

Meu choro é um misto de alívio e dor. Alívio por ter achado Calvin mesmo quando isso parecia impossível. Dor por ver a situação em que está, a situação na qual permiti que se metesse.

Me afasto dele e seguro seu rosto com as duas mãos.

— Calvin, por favor, fala comigo. Quem fez isso com você? Quem te trouxe pra cá? Foi o Colter? — Ele abre os olhos lentamente, como se estivesse dopado, mas não diz nada. — Nunca mais vou me separar de você, entendeu? Você nunca mais vai sair da minha vista, seu idiota. — Abraço-o outra vez.

O que tem de errado com ele? Por que não diz nada? São perguntas que dominam minha mente, abafadas pela emoção do reencontro.

— *Andrew!* — Uma voz familiar soa no corredor. — Andrew, onde você tá?

— Liam? *Liam!* — grito de volta. — *Estamos aqui! Por favor, corra!*

E ele corre. Em segundos está na entrada da sala. Tocha em mãos, semblante preocupado e afoito. Caminha direto para a cela aberta, e sua expressão muda de apreensão a choque quando vê o garoto deitado em meus braços.

— Andrew? Meu Deus... Esse é...

Assinto e observo o rosto do meu irmão mais uma vez. Suas pálpebras estão cerradas de novo. *Ele deve estar fraco.*

— Você encontrou o Roberto? — pergunto ao filho do diretor.

Ele dá alguns passos para o interior da cela e se ajoelha próximo a Calvin e eu, analisando meu irmão mais de perto.

— Aham — diz, com o olhar centrado em Calvin. — E encontramos o Lucas no caminho pra cá. O Roberto tá levando ele de volta pra biblioteca neste momento.

Meu coração aperta. *Graças a Deus.*

— E o Elijah?

Liam contrai os lábios e me encara:

— Desapareceu. — É tudo o que diz, e é o suficiente.

Talvez um dia eu consiga entender o que aconteceu com Elijah. Mas, nesse momento, talvez o melhor seja me afastar dele.

Em meio aos devaneios, percebo que a camisa do filho do diretor está manchada.

— É o sangue do Colter na sua roupa?

— É, sim — responde, um tanto aflito. Deve ter carregado o corpo do sr. Green para fora do corredor.

Então Calvin desperta outra vez, e praticamente salta do meu colo, se escondendo num dos cantos escuros da cela.

— *Ah! Ah! Ah!* — grita ele, como se estivessem tentando matá-lo.

— Calvin? — Eu me levanto do chão e tento me aproximar. — Calvin, o que foi?

— *Ah!* — Calvin continua gritando de forma desesperada e esganiçada, os olhos tão arregalados que parecem prestes a saltar do crânio, o rosto assustado voltado em minha direção.

Fico perdido e um tanto machucado. *Essa é a sua reação ao me encontrar? Não está me reconhecendo?*

— Calvin, se acalma. Sou eu, seu irmão. Vim te tirar daqui. Caminho em sua direção, mas ele se aperta mais e mais contra a parede oposta, gritando, e gritando, e gritando.

— Não, não, NÃO!

— Calvin...?

— NÃO! — Ele soca a parede, descontrolado. — Eu não fiz nada, EU NÃO FIZ NADA!

— Do que cê tá falando? — Meu coração se aperta. Há algo muito errado com ele. *Que tipo de trauma sofreu aqui?* — Calvin? — Meu irmão volta a desmaiar, caindo no chão como um saco de carne desarticulado. Corro até ele e passo um de seus braços sobre meus ombros. Me volto a Liam, que está parado no caminho até a porta da cela. — Liam, me ajuda a levantá-lo — peço, e espero que corra até mim e passe o outro braço de Calvin sobre seus ombros.

Liam caminha para trás lentamente, no entanto, até estar fora da cela, na sala de tortura redonda.

— Liam, o que cê tá fazendo?

É como uma metamorfose. A expressão preocupada e aflita de antes é maculada por tons de crueldade, cinismo. As linhas em sua testa se aprofundam, rigorosas. Os lábios finos se alargam num sorriso perverso. Seus olhos perdem completamente o brilho, as íris azuis se consomem por escuridão.

— Liam...?

Ele retira uma adaga presa na parte de trás da calça. *É a mesma adaga do Colter.* O mundo parece girar mais devagar. Alterno o olhar entre o rosto do meu irmão e o do meu amigo, e percebo que Calvin não ficou apavorado ao *me* ver, e sim ao ver... a pessoa que estava atrás de mim.

Não confie em L.

Não confie em L.

~~Não confie em L.~~

Não é Lucas. É...

— Devia ter escutado seu irmãozinho, Andrew.

O loiro fecha a cela com um movimento abrupto e enfia a adaga no lugar onde antes ficava a fechadura.

— O quê? — Largo Calvin e caminho até as barras de metal. Balanço-a, tentando abrir, mas não consigo. — Liam? *Liam!*

Ele caminha até a cela ao lado, retira um molho de chaves do bolso, abre o cadeado e, então, retorna a mim.

— O que cê tá fazendo? — pergunto, mas ele não me dá atenção.

Em seguida, retira a adaga da fechadura e a aponta para minha garganta.

— *Se afasta* — vocifera o filho do diretor. E algo em seu olhar macabro me diz que ele retalharia minha garganta sem pensar duas vezes, então faço como ordenado.

O choque inebria meus impulsos. *Quem é essa pessoa? Com certeza não pode ser o Liam que conheci durante todo esse tempo.*

Ele acopla o cadeado na cela e tranca a porta. Dá dois passos para trás. Eu me atiro contra a grade novamente, balançando-a como um louco, do mesmo modo como Calvin fizera mais cedo.

Liam me dirige um sorrisinho cínico, gira o molho de chaves nos dedos e cospe no chão.

— Tenha uma boa morte.

E então se vira para trás, caminhando para fora da cela.

— Liam? Que porra é essa? — pergunto, mais uma vez. Mas ele desaparece de vista. — *Liam! Volta aqui! Liam!* — Os sons de seus passos diminuem cada vez mais, até desaparecerem por completo. Eu engulo em seco, atônito. — Liam? — murmuro baixinho e me arrasto pela grade até me sentar no chão.

Sou tomado por uma série de sentimentos, e pilhas de dúvidas se acumulam em minha mente - tantas que me deixam imóvel. Porém, sob o crepitar das chamas das tochas, tenho certeza de uma coisa: meu pesadelo apenas começou.

Epílogo

LIAM

Limpo a garganta e desamasso a barra da camisa. Arrumo meus fios para trás e, apenas quando tenho certeza de que estou perfeitamente apresentável, bato na porta da sala do meu pai.

— *Pode entrar, Liam.*

Faço como indicado.

Entro na sala escura e com cheiro de mofo, e fecho a porta atrás de mim. Os batimentos em meu peito se aceleram, minha boca fica seca. Permaneço próximo à entrada.

É manhã, mas poucos raios de luz conseguem adentrar no espaço através das cortinas grossas de cetim nas janelas. A poltrona do diretor da Masters está virada em direção a elas, como se pudesse ver através do tecido espesso.

Sem se dar ao incômodo de se voltar a mim, ele estende uma das mãos e faz um gesto com dois dedos para que eu me aproxime.

— Chegue mais perto, filho.

— Me desculpe. — Respiro fundo, ansioso, e dou alguns passos em direção à mesa dele. Entrelaço os dedos à frente do corpo e abaixo a cabeça, mirando meus pés. — Trago notícias.

Meu pai relaxa o braço no encosto da poltrona.

— Prossiga.

— O plano deu certo. Os dois irmãos Rodriguez estão presos no calabouço.

Ele inspira, longa e profundamente.

— Isso é esplêndido. — Posso ouvir a animação em sua voz. Uma animação que não ouvia fazia muito, muito tempo.

As notícias boas acabam por aí, no entanto. Minha nuca coça enquanto ensaio mentalmente, mais uma vez, como informá-lo. Decido apenas abrir a boca e deixar as palavras saírem:

— Colter foi ferido, porém.

— *Ferido?* — repete ele, num tom grosso e áspero que reverbera pelas paredes.

Fico ofegante, como se tivesse acabado de correr uma maratona. Curvo tanto a nuca para baixo quanto consigo.

— M-Morto — corrijo. — Colter está morto. Tentou impedir que Andrew e Lucas continuassem o caminho até as celas e, bem... talvez tenha subestimado os dois.

Meu pai estala os dedos, sinal de que não está feliz. Ele leva um minuto inteiro até voltar a falar:

— Colter foi um servo leal deste colégio e do Culto de Hall por muitas décadas. Mesmo assim, pereceu nas mãos de dois adolescentes que acabaram de sair da maternidade.

— Grunhe. — Talvez sua morte tenha sido merecida.

Passo a ponta da língua pelos lábios, aperto minhas mãos e continuo:

— Lucas e Roberto foram levados para a enfermaria. Em breve receberão a notícia de que Andrew desapareceu no subsolo. Não acho que desconfiarão de algo, mas precisamos mantê-los sob vigilância, ao menos até que o Ritual seja feito. — Nesse momento, sinto uma terceira presença na sala.

Uma presença que é tão familiar quanto é assustadora. — E--Elijah continua desaparecido — gaguejo.

Meu pai finalmente vira a poltrona e me encara. Está com o uniforme de zelador que utiliza para andar entre os alunos sem ser notado. *Daniel* é o nome gravado na camiseta cinza.

— Sem as intervenções de Benjie e com os dois irmãos Rodriguez capturados, poderemos seguir com o Ritual na próxima lua cheia — afirma ele, e seu olhar foge de mim, em direção à criatura que se esgueira ao meu lado. — Os membros do Culto estão sedentos por sangue. Quase tão sedentos quanto nosso próprio Senhor.

— Eu sei.

Posso literalmente sentir meu coração se chocando contra o peito. Fixo os olhos em meu pai, mas de relance miro o demônio de sombras que paira ao meu lado. Ele descansa uma das mãos frígidas e esqueléticas em meu ombro.

"Demônio de sombras"? Que estupidez. Não é preciso utilizar eufemismos quando se fala do Diabo.

CONTINUA

AGRADECIMENTOS

Escrever este livro, este final e, principalmente, estes *plot twists* foi uma aventura como nenhuma outra na minha carreira. Estou sentindo o mesmo *pump* de adrenalina que provavelmente está nas suas veias agora, então se estes agradecimentos soarem um tanto eufóricos, peço perdão — mas espero que não soem ;).

Primeiramente, muito obrigado à Editora Nacional que acreditou e apostou neste livro desde sua conceitualização, e fez tudo para que chegasse ao mundo. Esta foi uma ideia nascida, crescida, polida e maturada para se juntar às outras obras fantásticas publicadas pela Naci e, honestamente, não poderia ter encontrado lar melhor.

Em segundo lugar, muito obrigado a todas as pessoas incríveis e talentosas que trabalharam comigo para dar — literalmente — vida ao meu manuscrito. Da preparação ao design, do time editorial da Naci até quem esteve encarregado do marketing do lançamento. Todos são peças-chave para que minha pequena ideia tenha se transformado no livro maravilhoso que você tem agora em mãos.

Falando em peças-chave, sou eternamente grato à turma de agentes incríveis da Increasy que me abraçaram,

abraçaram minhas ideias e minha carreira. Grazi, não tenho como descrever minha gratidão por você estar sempre comigo durante todas as etapas de produção deste livrinho, do primeiro ao último rascunho, do primeiro ao último dia. Sou muito sortudo por ter uma parceira de trabalho tão incrível. Albinha, muito obrigado pelo apoio de sempre e pela atenção dada a este camponês que gosta tanto de ver gays sofrerem <3

Muito obrigado aos meus pais por apoiarem meu sonho e me darem toda a confiança do mundo nos momentos em que preciso (mesmo que eu peça a Deus que eles não leiam a cena de Andrew e Lucas no banheiro), à minha família pelo carinho de sempre e a todos que foram inspiração para um personagem ou ponto da narrativa deste livro e nem sabem.

Mas, especialmente, gostaria de dizer um MUITO OBRIGADO e um EU NÃO SERIA NADA SEM VOCÊS aos meus leitores maravilhosos, formosos, cheirosos. Sejam aqueles que me acompanham desde os lançamentos independentes, ou aqueles que estão me descobrindo agora. Escrevo para vocês e por vocês, para todo mundo que anseia por mais protagonismo gay na literatura, por todo mundo que quer se ver representado em uma página. Este é um livro *own voice*, e eu jamais conseguiria expressar minha voz desta forma se não fosse por todos vocês que estão aí do outro lado. Não há palavras para descrever meu amor por cada leitor que me encontra ao longo da jornada, então vou usar as palavras da minha mãe, quando ela diz que seu amor por mim é um "amor imenso", com um sorriso lindo e maternal que deixa meu peito quentinho. Meu amor por vocês também é imenso.

Este é meu primeiro lançamento que chegará nas livrarias de todo o país, então reitero aqui meu mais singelo obrigado a todos que fizeram e fazem parte disso. Espero reencontrá-los em breve <3

Com muito amor,

Mark

Este livro foi composto nas fontes Stolzl e Skolar
pela Editora Nacional em maio de 2024.
Reimpressão e acabamento pela Gráfica Leograf.